Fan
ファン文庫

世界一くだらない謎を解く探偵のまったり事件簿

著　木犀あこ

JN109261

マイナビ出版

宿泊名簿

☑

一件目――傘を片手に遠回り

序

模様のない木の器から、白い湯気が立っている。

澄《す》んだ汁に沈んでいるのは、ふっくらとした米粒にも似た蕎麦《そば》の実だ。湯気は上品な白出汁の香りを漂わせている。イチョウ形に切った大根と、人参。それに青々とした三つ葉。蕎麦米汁――徳島《とくしま》の郷土料理にそのようなものがあると耳にしたことはあったが、実物を見るのはこれが初めてのことだ。

「いただきます」

両手を合わせ、私は軽く頭を下げた。細長く開いた窓から柔らかな光が入る、古民家然とした部屋の中。樫の木と思われる一枚板のテーブルについている客は、私ひとりだけ。

カウンターの向こうで栗の実の皮を剝いていた店主は、丁寧に頭を下げただけだった。こちらよりも暗い一角に厨房があるせいで、店主の顔ははっきりと見えない。眼鏡の奥に覗《のぞ》く目元がほんの少し細められたのは、おそらく微笑みのような表情の変化であったのだろう。

僕には二つ、愛してやまないものがあるんです。

店主は私に料理を供する前の雑談の中で、そう言っていた。ひとつめは、料理を作って宿の客に振る舞うこと。職業として料理を作る人間は、常に食べる人のことを考えて包丁を振るわなければいけない。だから、料理人というものはみんな、人間が大好きなんです、と。

そういうものか、と、私は遠い星を眺めるような気持ちになったものだ。自分が生み出したものを受け取る人のことを、常に考えて動くべき仕事。そんな仕事についている人間が人を愛する者であるのなら、私は――本を「作る」ことを生業《なりわい》にしている私もまた――人というものが大好きな人間、であるのかもしれない、とまで考えた。ひとつひとつの工程を経て、奥ゆかしく器におさまった料理。綴じられた、一冊の本。

同じことなのかもしれない。だからこそ、今の私はかすかな心の痛みを覚えている。昼夜を問わず常に共にあった本という存在を、直視できなくなっている。

この宿には本がたくさんあった。樫《かし》の木の床が客を迎える小さなロビーには、星と風景の写真集が。柔らかく陽がさすこの食堂には、古今東西のあらゆる料理小説が。さっき荷物を置きに行った客室には――野鳥の目線で書かれたエッセイが、つくりつけの棚に一冊だけ置かれていた。野生の鳥たちがどんな風に人間のことを見ているか、どれほど懸命に生きているか、ということを、やさしい言葉で書いた名文だった。

この場所には何かと動物が集まってくるらしい。野生の鳥や、近所の野良猫。餌が少ない季節には猪だって姿を見せるとか。不思議と動物に好かれるらしい店主は、そんな生き物たちのことをどう思っているのか。

奥深い山の中に建つこの宿には、いろいろなものがある。本と、自然と、生き物たちと。優しそうな見た目の奥に鋭いものを隠した店主と、その店主が作る郷土料理と。

陶器の蓮華で実をすくって、程よい熱さになった汁を口に運ぶ。舌に広がる蕎麦の実の甘みと滋味《じみ》と、出汁の多層的な旨み。蕎麦米は不思議な食材だ。「ぷちぷちとした食感」と表されることもあるが、海ブドウのように口の中で弾けるような感覚があるわけではない。硬く炊いた米が、不思議に柔らかくほどけるような舌触り、とでも表現すればいいのだろうか。素朴だが深い味わいだ。温かな出汁は、旅の疲れを心地よく解きほぐしてくれる。

「おいしい……」

私はそう呟いていた。何のてらいもない、素直な感想だ。カウンターの向こうの店主がまた顔を上げた。今度はちゃんと、笑っているように見えた。

私は料理を静かに口に運ぶ。これはいったい何ご飯なのだろう。今は昼の二時過ぎ、遅い昼食と言えばいいのか、おやつと言えばいいのか。ただ、到着早々、店主に「まずは、食事にしませんか」と言われたので、いただいているだけ。奇妙な時間だった。私は東京の自宅から出てきた格好のまま、店主と交わした会話はチェックイン時の事務的なやりとりと、食事前の四、五分の雑談のみ。

ここは徳島県三好市西祖谷山村《みよししにしいややまむら》、日本三大奇橋のひとつとして有名な「祖谷のかずら橋」からほど近い宿、「かくれが」の中。山の深い深い場所、東京から空路と陸路を使った最短ルートでも五時間以上をかけないとたどり着けない、文字通りの秘境だ。

そんな秘境ののど真ん中で、私は今温かいお茶を飲んでいる。

不思議だ。遠い場所に来たとは言え、昨日までの私はまったく違う景色を見ていたというのに。

「――お済みになりましたか」

ごちそうさま、と手を合わせる私の動作を見て、店主がテーブルに近寄ってくる。おいしかったです、と声を返すと、店主はまた嬉しそうに目を細めた。この人、子供みたいに笑うんだな、という呑気な考えと同時に、道中で耳にした話のことを思い出す。

――かくれがの店主ね、阿久井《あくい》さんっていうんやけど。もとは県外で刑事さんしてたから。凶悪な犯人も、悲惨な死体なんかも、嫌っていうほど見てきたみたいよ――。

器を下げる相手の指先が視界から消えて、私ははっと顔を上げる。こちらを見下ろす店主——阿久井蓮《れん》と目が合った。細い銀のフレームの眼鏡。レンズの向こうで、鷹の羽のような色の瞳が私を捉えている。

何を怖がっているんだ。物腰も柔らかく、言動も優しい。料理好きでおもてなし上手の、いい店主じゃないか。

そんな考えを、また別の考えがかき消していく。

この人は——きっと、ものすごく、「怖い」人だ。

「それでは、お願いしていた通りに」

一礼して、阿久井は私の真正面に位置する席に着く。テーブルが広いせいで、私と相手との距離は一・五メートルほど離れていた。

「聞かせてください、櫻井《さくらい》さん。あなたが知っている、『世界一くだらない謎』について」

開け放した窓の向こうで、幾重もの木の葉が揺れる。

「かくれが」の店主である阿久井が、もうひとつ、ただただ愛してやまないもの。

相手の眼光にひるまないよう、私は膝の上で手を握りなおした。そして頷き、話し始める。

私がここへ来るまでに用意していた、「世界一くだらない謎」について。一週間ほど前に買ったばかりのビニール傘と、今もコートのポケットに入れっぱなしの交通系ＩＣカードをめぐる、奇妙でささいな遠回りのことについて――。

1

少しだけ、時を戻そう。数時間前、私が徳島に到着したときのことと、「かくれが」に着くまでの話をさせてほしい。


空が、広い。

空港の展望デッキから見える空と海、灰色の滑走路を視界いっぱいにおさめて、私――櫻井寧々子《ねねこ》は深く息を吸った。空が広いだなんてごく当たり前のことすぎて、自分でも呆れるくらい陳腐《ちんぷ》な表現をしてしまったけど……本当に、空が、広いのだ。何も遮るものがなく、どこまでも晴れ渡っている。羽田《はねだ》へ向かうまでに見た空よりも色が深く見えるのは、空気が澄んでいるせいなのだろうか。

ここは徳島阿波《あわ》おどり空港の展望デッキ。時刻は午前九時五十八分。羽田からは一時間三十分たらずの、ごくささやかな空の旅だった。

迎えのバスが来るまでは、まだ三十分ほどある。真新しいビニール傘に片手を預け、私はまた深く息をした。

阿波おどり空港は、どことなく空と海のにおいを感じさせるつくりをしていた。手荷物受取所から搭乗ゲートや展望デッキのある二階フロアに上がるときには、高い吹き抜けになったエスカレーターを上がっていく。目に飛び込んでくる垂れ幕には、青々とした鳴門海峡《なるとかいきょう》の海と、真っ白なしぶきを上げる渦潮の写真が。確か世界最大級の渦潮なんだっけ。他にも世界三大土柱のひとつがあったり、東のほうでは恐竜の化石が出てきたりで、とにかく徳島の自然は奇妙で神秘的なものだらけであるらしい。

待機している飛行機と、その機体の白さを際立たせている青い空。広大な空間をぼうっと眺めていると、自分が今ここに「いる」ことそのものが、とても不思議であるように思えてきた。

つい最近、いや、一昨日までは、普通に仕事してたんだよな。

三つの文芸誌と四つの文庫の編集部がひとつに集まった、広大なフロア。会議、打ち合わせ、取材、ゲラのチェック。色校。重くて開けにくいデスクの引き出しと、固定電話の音。同僚たちの雑談、笑い声。近隣のビル群を見下ろす飲食スペース。徒歩通勤の道。学生時代から数えて十年近く住み続けたワンルームのマンションと、駅前の商店街、大型書店、小さな劇団の公演、友人と会うときにはいつも利用していたカフェ、バスで通《かよ》った業務用スーパー――。

ここは、そんな今までの日常からは遠く離れた場所。私にとってはまだ知らない土地、藍色と白の街――徳島だ。鳴門海峡の濃い海の藍、藍の染料の藍。渦のしぶきの白と、白鷺の白。たまにすだちの緑色。そう言えば、さっきレストランらしい場所で見たすだちうどん、おいしそうだったな。朝食は羽田空港の出発ロビーで簡単に済ませているが、まだ時間はそこそこある。確かここに財布を入れっぱなしだったはず、とコートの右ポケットを探ったところで、からり、と軽い音が響いた。ポケットから一枚の交通系ＩＣカードが滑り落ちたのだ。愛らしいペンギンのキャラクターが、こっちを見て笑っている。

私はそれを拾い上げた。確か残額は十三円のはずだ。左のポケットにそれをしまいなおそうとしたところで、すぐそばから声が聞こえてくる。

「それ、持ってても意味ないかもしれんね」

関西弁にも似たイントネーションと、低くてざらざらした音質。でも、確かに女の人の声だった。私は首を巡らせる。ちょっと離れた位置に立っていた女性が、にっ、と笑みを浮かべる。

「徳島の駅ね、自動改札がないんよ。コンビニとかだと使えるんかもしれんけど、そもそも徳島の人はあんまり交通系のＩＣカード持ってないけんね。バスだと使える路線もあるんかなあ？　ほぼほぼ自家用車しか使わんけん、しらんけど」

独り言のような、自己完結した言い回しだった。だが不思議と不快な感じはしない。

女性はごく平均的な身長の私よりも背が低く、痩せ型だけどきれいに筋肉のついた腕をしていて、白のシャツに細身のストレッチパンツがよく似合っていて、髪は短くて、真っ青で、そして、何歳なのかがまったくわからない顔をしていた。三十代？　もっと落ち着いているようにも見える。実は六十代で、びっくりするほど若く見える感じの人である、とも見えるし。わからない。そしてなぜこの人はだんだんと私に近寄ってきて、顔を覗き込んで、「あなた、もしかして櫻井寧々子さん？」と、名乗っていない私の名前を呼んでいるのだろう。

私は二、三度軽く瞬きをして、答えた。

「そうです」

「よかった、合っとったね。まあ、間違っとったらその辺のそれらしき人に片っ端から声かけていくだけなんやけど」

「あの、あなたはもしかして――」

「もしかして返しやね。どうも、私は曽川《そがわ》って言います。『かくれが』を予約してある櫻井寧々子さんやろ？　合ってる？　『かくれが』の店主は人を送迎できる免許持ってないからね、運転手として代理で来ました。店主から曽川っていうやつが迎えに行くよって聞いてると思うけど——そうじゃなかったら、私完全に怪しい人やんな」

私は首を横に振る。空港から祖谷地方へ公共交通機関で向かうのは、なかなかに大変だ、人の送迎ができる者を空港まで迎えに行かせるから、とは事前にメールで知らされていたが、まさか年齢不詳の髪の青い人が来るとは。頭を下げ、私は改めて「櫻井です」と自分の名を名乗った。それから、つい先程から疑問に思っていたことを問いかけてみた。

「もしかして曽川さん、スマホ忘れてきました？」

曽川はストレッチパンツのポケットを押さえるような動作をし、片方の眉を上げた。

「なんでわかるん」

「さっき、『それらしき人に片っ端から声をかける』っておっしゃってたんで。待ち合わせ相手に電話で『今、どこにいますか？』って確かめられない状況なのかなって思ったんです」

曽川は声を上げて笑った。多少の曇り空なら吹き飛ばしてしまいそうな、軽快に響く笑い声だった。

「いや、いや、マジで。ほんま、櫻井さんの言う通りなんよ。余裕をもって出てきたものの、家にスマホ置いてきてしもて、戻るにも間に合わんし、かといってどんな人かの特徴も聞いてないし、知ってんのは名前だけやし、これもう東京便で到着した人に片っ端から声かけるしかないなって思っとったとこ。よかったわ、不審なやつがおるって通報される前に一発で当てられて。改めて、『かくれが』の店主の代わりに来ました、曽川久代《ひさよ》って言います。ちょっと待たせてしもたんかな。ごめん、ごめん、車はすぐに出られるんで、行きましょうか――あ。その前に。大事なこと忘れてたわ」

「大事なこと、ですか?」

「お手洗いにはぜひ行っておいてください。これからはガチの秘境、一旦足を踏み入れたら二度と出てこられないような山奥に突入していくんやからね……」

相手のただならぬ気配に、私は身構える。地上を離れたばかりの飛行機が、長く響く音だけを残していった。

2

「普通に街中じゃないですか」

飛んで行く車窓の景色を眺めながら、私はハンドルを握る曽川の後頭部に声をかけた。

送迎の車は――ワーゲンバス風のペイントが施された、白いバンだった――空港の駐車場を出て以降、往来の多い市街地を走り続けている。とても、「途中下車すらできない秘境へ突入している」という感じはしない。

「なに、まだまだこれからよ。高速に乗ったらしばらくは走りっぱなしやけんね。軽く二時間くらいはかかるんちゃうかな。腰、きついと思うけどがんばってな」

腰よりも、ほぼ垂直になっている背もたれのほうがきつい。お尻の位置を少し前にずらすようにして座り直しながら、私は言葉を継いだ。

「『かくれが』店主の代理で来られたとお聞きしましたが――曽川さんは、『かくれが』のスタッフさんじゃないんですか？」

「いやいや、私はただのご近所さんよ。ちょっとしたカフェを『かくれが』の近くで営業しとってね。手伝うのは遠方から来るお客さんの送迎だけ。『かくれが』の店主さん、人を雇うの好きとちゃうから」

秘境温泉「かくれが」。

予約は一日一件限定、それもひとり客のみ。朝夕の食事付きで、年中いつでも一泊三万六千円。祖谷のかずら橋のすぐ近くにあって、店主が腕をふるった郷土料理でもてなしてくれる。天然温泉の質もよく、秘境温泉ファンからも注目されつつある宿らしい——が。

「かくれが」に関するウェブ上の口コミには、不思議な言葉があふれていた。「世界一くだらない謎」、って、いったい何なんでしょう？　予約を取るときの条件として、あなたが知っている「世界一くだらない謎」を用意してきてくださいと言われました。泊まる前から客に要望を出すだなんて、ちょっとおかしいのではないでしょうか。実際に泊まりましたが、「買ってきたアイスが消えてしまった話」くらいの内容でも大丈夫でしたよ。それで、その「謎」を用意して行ったらどうなるんですか？　さあ。私のときは、「きっとそのアイスは電子レンジの中に入ってたんでしょう」って、オチというか答えみたいなのを先に言われただけでしたけどね。でも、ちゃんと宿泊代は半額にしてくれましたよ——。

山奥の奥、簡単にはたどり着けない場所。一日にひとりだけの客。

世界一くだらない謎を用意してお越しくださいという、条件。

　さらに「かくれが」のHPにはこんな文言もあった。「世界一くだらない謎」をお客さまにご用意いただくのは、ただ店主が謎解きを趣味としているからにほかありません。「謎」をご用意いただいたお客さまにはささやかな御礼として、宿泊費半額キャンペーンを適用させていただきます――ただし、お客さまがその勝負に勝たれることができましたら、ですが。謎の真相を店主が解き明かせれば、店主の勝ち。解き明かせなければ、お客さまの勝ちとさせていただきます。ご了承の上、ふるってご参加ください。

　HPには店主の写真も掲載されていた。秘境温泉の主というより、ヌーベルキュイジーヌの若きパイオニアでもやっていそうな見た目の、少し鋭い印象を与える男だった。

「一日一件限定とはいえ、おひとりでやっていくのは大変そうですね。料理の仕込みとか、部屋の掃除とか、休む暇がなさそうです」

　車は高速道路へと上がり、県の西へ西へと進み続けていた。窓の向こうには、なだらかに広がる徳島市内の平野部が見えている。

「どうなんやろうね、けっこう暇そうにしてることもあるんちゃうかなあ。予約が入ってない日もあるし、『かくれが』は基本的に連泊のお客さんもとらんけんね。櫻井さんも、一泊してから別のところに移るんやろ？」

　徳島に到着して、まず「かくれが」で一泊。そこから長期滞在する場所は、別に予約していた。

「はい。二泊目以降は、すぐ近くのゲストハウスに移る予定です。月末までなので、だいたい三十泊くらいかな」

「ああ、あの商業施設の向かいにあるところね。一か月のバカンス、ええやん。東京に住んでると、何かと忙しいやろ？　祖谷はええよ。月並みな言い方やけど、ほんまに大自然。癒されるから」

私はバックミラー越しに微笑みを返し、それから口をつぐんでしまった。眠くなったかと思われたのか、曽川も気を遣って話しかけてこなくなる。エンジンの音と、車が鋭く風を切る音。ひたすら西へ、西へ。土地勘のない私でも、次第に山間部に近づいていることだけはわかった。

ほどよい騒音と小さな揺れのせいか、ほんとうに眠気が襲ってくる。いつの間にか、私はうつらうつらと目を閉じてしまっていた。早起きをしたせいか……それとも、疲れのせいか。お風呂に入っても、清潔な布団で泥のように眠っても、溶け落ちはしない疲れ。これはここ数日、数か月の間にたまったものではない。いつから……それも、思い出せない。謎、謎。ミステリ。文学賞。プロット。ゲラ。トリック、犯人、動機。三百六十五日、二十四時間、ずっと考え続けてきた、仕事のこと。文芸誌の編集部に配属され、いくつもの原稿を受け取った。世に送り出した単行本もたくさんある。成功したものも、失敗――したものも――。

君が知っている「世界一難しい謎」を私に聞かせなさい。そうすれば、ここから出してあげよう。

いつしか私は夢を見ていた。鍵の束を手に握った編集長が、なぜか私のマンションの扉の前に居座って、そんな無茶なことを言っていた。

そう言えば――。

激しい焦りと、後悔。夢の中で感じる恐怖というのは、どうしてあんなにも生々しいものなのだろう。

どうしよう。長い旅に出るというのに、私、一冊も本を持ってきていないじゃないか。

「着いたよ」

声をかけられて、私はにわかに覚醒する。バックミラー越しに曽川と目が合った。そのまま車窓の外に視線を流す。つい、声が漏れてしまう。

「川、だ――」

窓のすぐ下は深い深い渓谷だった。切り立った白い岩を削るように流れる、碧緑色の川の流れ。車はくねくねとカーブする道を走っていく。かなり山奥に入り込んでいるようだが、車通りは多い。道幅が狭い二車線の道路を、曽川は器用なハンドルさばきで走っていく。山だ。険しい崖と深く青い川、猛々しい山々に囲まれた、秘境中の秘境――これが古来より「歩危《ぼけ》」と呼ばれた急峻の景色か。歩くだけで危険を伴うような、厳しい道。曽川が「ガチの秘境」と言った理由が、少しだけわかった気がする。

「すごいですね」

私は語彙力というものをすっかり失っていた。バックミラー越しに見えた曽川の目が、少し細められたように見えた。

「でしょ。ごめんね、着いたよって言ったけど、もうちょっとかかるけんね。この景色を櫻井さんにも見てもらいたくってね」

気を遣ってくれたのか。空も飛べそうなほど開放的な気分になって、私は言葉を続ける。

「あの、有名な『小便小僧』の像があるところって、もう通り過ぎたんでしょうか。崖っぷちに立ってて、度胸試しスポットになってるっていう」

「ああ、ごめんねえ、あれは違うルートから行かんと見られんやつなんよ。あっちは道が狭いから、お客さんを乗せてるときはいつもこっちのルートを通るんやけど」

「そんなに危ない道なんですか」

「そりゃもう。ガードレールすらないけん、車がよう落ちよるわ。観光のレンタカーがあまりに落ちるもんやけん、谷底から車を吊り上げるクレーンが道路っきわに常駐しとうくらいよ」

口をあんぐり開けた私に、曽川がまた視線をよこしてくる。やけにかしこまった声が帰ってきた。

「冗談よ、冗談。さすがにそこまで命がけで走らんといかん道じゃないから」

「びっくりした。そんなレインボーロードみたいな道路がほんとにあるのかと思いましたよ」

レインボーロードって何なん？　という言葉を飲み込んだような顔で、曽川は片眉を上げてみせる。車はゆるやかにスピードを上げ、小さな橋を渡っていた。短い沈黙。このあたりの土地に不案内な私でも、目的地が近づいていることがわかった――車がさらに増えている。どことなく、にぎやかだ。

「今度こそ本当に、もうすぐ着くんやけど」

前方に大型の商業施設が見えた。かずら橋への渡り口がすぐ近くにあるらしいが、車の中からは見えない。少しだけ遅れて、私は曽川の言葉に「はい」と答える。抑揚のない相手の声が続く。

『かくれが』の店主さんのこと、ほとんど話してなかったやんね。あの人、HPに自分の写真とか載せてたんやっけ？」

「はい。写真とお名前は、HPで拝見しました。確か、ちょっと珍しいお名字だったような」

「阿久井さんね。阿久井蓮さんっていうんやけど。もとは県外で刑事さんしとった人。凶悪な犯人も、悲惨な死体なんかも、嫌っていうほど見てきたみたいよ――」

突然の不穏な言葉に、私は身を硬くする。犯人。死体。仕事で幾度となく聞いてきたワードが、大自然の中で不釣り合いに、いや、異様に恐ろしく響いた。

「今はもちろん引退してるけどね。二十九歳のときにやめて、もう三年になるんかね。料理のほうは刑事さんをやめてから習い始めたみたいやけど、けっこうな腕してるわ。楽しみにしといて」

「それは――」

私の言わんとするところを察したらしい。ゆるやかな道をさらに上りながら、曽川が続ける。

「阿久井さんからね、伝えておいてくださいって頼まれてたんよ。なんでそれを知っといてほしかったかは、本人に聞いてみて」

いくつもの死体を見てきた刑事と、喧騒《けんそう》から遠く離れた山の中。フィクションの中で死体を扱い続けてきた私と、今はかすんで見える都内の景色。車は道のわきの小さな坂を上っていく。タイヤが小さな石をかりかりと踏みながら、ゆるやかに停まる。

「はい、今度こそ着いた。ここが正真正銘、秘境の中のお宿――『秘境温泉　かくれが』ですよ、お客さん」

「ありがとう、ございます――」

半ば呆然としながら、私は車を降りる。

右手に傘を、左手にキャリーケースの持ち手を引いて、目の前にたたずむ建物を見上げた。古民家を改装したと思われる、低く重厚感のある家屋。引き戸の玄関は開け放たれ、水を打った土間に透明な風が通っている。紺の暖簾《のれん》は藍染だろうか。紋は染め抜かれていないが、その深い青そのものが宿の魂を象徴している気がした。睡蓮鉢に色とりどりの毬《まり》が浮いている。建物を通してまっすぐ抜ける視線の先に、緑の木々が見えている。

「いいにおいが」

いろいろな単語を押しのけて、そんな言葉が口を突いて出た。甘い出汁で何かを煮ているような、そんな香ばしいにおいがあたりに漂っている。

「いいにおいが、します」

「夕食の仕込みとちゃうかな。今日は魚も出すんやろか。雰囲気からして鳴門鯛の煮つけって感じやなあ」

引き締まった身と、さわやかな甘みで知られる鳴門鯛。徳島の名産品のひとつだ。飴色の煮汁に沈む鯛のお頭を想像して、私はしばしぼんやりとした。忘れかけていた空腹を思い出したせいか、胃が軽い音を立てて鳴る。

庭の奥のほうに視線を投げていた曽川が、あれ？　という顔で振り返った。

「もしかしてお腹すいとる？　朝ご飯、ちゃんと食べてきたんで？」

「は、はい。空港で買ったパンを食べてはきたんですけど、ちょっと、お腹空いてきた感じがします」

「そりゃあかんわ、何とかしてもらわんと。阿久井さん！　おーい、阿久井さん、って！」

庭の奥へ向かって急に曽川が呼びかけたので、私は面喰らってしまった。低木のすぐそばの地面をちょんちょんとつついている、数羽の野鳥。オレンジ色の体毛が美しいが、ヤマガラの仲間なのだろうか。私たちの存在に気づいた鳥たちは木の陰に隠れている「誰か」に向かって一声鳴き、いっせいに飛び去ってしまう。あ、という低い声と、ゆっくりとした動作で現れた、背の高い人間の姿。細いフレームの眼鏡と、濃紺のコックコートに、和柄のエプロン。写真で見るよりも、ずっと物腰が柔らかく、ずっと――不思議な圧のようなものを感じさせる外見。

間違いない。

この人が、「かくれが」店主の阿久井蓮だ。

「櫻井さん、ですね」

低く、柔らかな口調でそう言って、阿久井は宿の玄関前に立つ私たちのほうへと近寄ってくる。植木の剪定作業でもしていたのか、膝には泥のあとがついていた。

それに――これは、何と表現したらいいのだろうか。先程のヤマガラと思われる野鳥が二、三羽、少し撫で気味の阿久井の肩のそばを飛び回っているのだ。

「初めまして、一泊お世話になる櫻井です……あの、その」

言いよどむ私の意図を察したのか、阿久井があぁ、という表情で自らの両肩に視線を投げる。鳥たちは阿久井の動作、というよりは自分たちをじっと見つめる私の視線に驚いた様子で、どこかへ飛び去ってしまった。

「餌をあげていないのに、よく遊びに来てくれるんですよ」

すぐそばの高木を見上げて、阿久井が言う。野草らしい花を握った左手で頭を搔いてから、やけに牧歌的な口調で続けた。

「宿に飾る花を摘んでいたら、近寄ってくるようになったんです。庭木の実でもつつきに来てるのか、そうでなければ、僕のへたくそな歌を聞きに来ているかですね」

「――歌？」

阿久井の尖った外見に似合わない単語が続いて、私はつい言葉を漏らす。傍らに立っていた曽川が腕を組んで、さらっと言い放った。

「阿久井くん、いつも花摘みながら英語の童謡みたいなん歌ってるからね。鳥に仲間やとでも思われとるんとちゃう？」

「童謡……!?」

「そう思われているなら、身に余る光栄ですよ。人と野生の生き物が食う食われるの関係でもなく、共依存的な関係でもなく、ただ歌を歌いかわす仲だなんて、素敵なことじゃないですか」

照れたように笑みを浮かべる阿久井の顔を見ながら、私はぽかんと口を開けてしまった。奥深い山の中の宿、歌を歌い、花を摘み、野鳥と戯れる店主。何だ――阿久井はプリンセスか何かなのか？　こんなにも眼光が鋭く、低い声をしたプリンセスもそうそういないだろうけど。阿久井の外見から受ける、ある種の幾何学的な冷たさを持つ外見と、ほんわかした振る舞いが脳に混乱をもたらしている。立ち尽くす私のほうへさらに一歩近づいて、阿久井は深々と頭を下げた。一流ホテルのコンシェルジュのような、毅然とした辞儀だった。

「申し遅れました、『かくれが』店主の阿久井蓮と申します。奥深い山のお宿ではございますが、ごゆっくりおくつろぎいただければ幸いでございます――」

「この宿の建物ね、裏口でうちと……曽川家と繋がってるから。母屋のほうにはじいさんとばあさん、あ、私の両親ね。と孫がおるけんね。夕方ごろからは私も家におるし、なんか困ったことあったらいつでも言いに来なよ」

宿の建物の奥を指し示して、曽川が言う。私はまばたきをひとつして、答えた。

「この裏、曽川さんのお宅だったんですか」

「そうそう、阿久井さんとは大家と店子の関係みたいなもんでね。じゃあ、阿久井さん。私そろそろ店開けようと思うから、行くわ」

「わかりました。ありがとうございます、曽川さん」

「私よりお客さんのほうがしんどかったと思うわよ。二時間座りっぱなしやったし――じゃあね、櫻井さん。またお店のほうにも遊びに来てよ」

そうしてひらりと片手を振り、曽川は颯爽と歩き去っていく。車のドアの開閉音と、遠ざかっていくエンジンの音。しばらくその音の余韻を見送って、私は静かに首を巡らせた。

阿久井とほんの二メートルほどの距離で目が合う。不思議に言葉を失って、私は意味のない声を漏らしてしまう。

「あ、あの……」

止まったように感じられる一瞬と、鈍重《どんじゅう》に打つ鼓動。

タイミングを見計らったように、空っぽのお腹が軽く鳴った。

阿久井はただ静かに頷き、荷物を、と告げるように手を差し出してくる。そうして春の日差しのようにあたたかな笑みを浮かべて、言った。

「軽いものを用意してあります。まずは、食事にしませんか」

無意識に脱いだコートとビニール傘を渡しながら、私はこくりと頷いた。

頬にさす熱さが緊張から来るものなのか、気恥ずかしさなのか、自分でもよくわからなかった。

3

「――その前に、お伺いしたいことがあるんですけど」

薄日のさす食堂。テーブルを挟んで座る阿久井に向かって、私は静かに声をかける。

チェックインの手続きを早々と済ませた後、まず案内されたのがこの食堂だったのだ。器を下げた阿久井は今、一枚板のテーブルを挟んで私の正面に座っている。少し冷たそうな外見と、柔らかな物腰。食事の前の雑談で聞いた、阿久井の「愛するもの」に関する情報。この山奥の宿の店主が愛してやまないものは、客に料理を振る舞うことと――客が用意してきた謎を解くこと。到着から食事の提供までのもてなしで、阿久井の人柄が何の嘘偽りもない、まっすぐで誠実なものであるらしいことはわかった。温かな料理も、彼の心根を表しているようにすら思える。だがその一方で、ふと抱いた「この人は、きっと怖い人だ」という印象もまた間違いではないように思える。その「怖さ」が何なのかは、私自身にも説明することができないのだが。

刑事という職を退《ひ》いて、山奥の宿を営む阿久井。宿泊客に「世界一くだらない謎」を求めることには、いったいどんな意図があるというのだろう？

「阿久井さんは、どうして『世界一くだらない謎』をお客さんから聞いているんですか？

宿泊客を受け入れる側が提示する条件、というかルールとしては、ちょっと変わっているように思えるんですけど」

阿久井は指の第二関節で目尻を押さえるような仕草をした。眼鏡の位置を調節したのかもしれない。

「ふむ、それは非常に難しい問題ですね」

難しいも何も、それは阿久井自身だけが知る「動機」なのだから、説明できないことはないだろう……という言葉を呑み込んで、私は小さく頷く。事実は小説の筋書きのようには動かない。はっきりした意味もなく取る行動だって、たくさんあるだろう。

「すみません、ちょっと気になっただけなんです。もしかしたら、そういう……謎解きとか、推理ゲームみたいなものがお好きなのかなと思ったものですから」

「そうか、櫻井さんは文芸雑誌の編集さんをされているんでしたね。その中でも、専らミステリを担当されていると。ミステリ好きの櫻井さんとしては、僕が同好の士であるかどうかがまず気になるところだ、といったところでしょうか」

私は微笑む。胸に差した暗い影は、うまく包み隠せたはずだ。阿久井は頷き、言葉を続けた。

「ミステリが好きかどうかで言えば、それはもうはっきりと、『はい』と申し上げられます。と言っても、素人の読み手の域を出ないものですがね。その上で、謙遜と不遜をないまぜにして申し上げると——僕は『世界一くだらない謎』を解く探偵、という肩書を自称しているんですよ、櫻井さん。世界一くだらない謎を解く探偵だから、謎がなければ探偵にはなれない。だから僕はお客さんから謎を出してもらうんです。これで、さっきのご質問にお答えできたでしょうか」

探偵を自称しているから、謎を求める。そこに矛盾はないように思える。だが、私が本当に尋ねたかった疑問への答えになっているかは微妙なところだ。しかも、阿久井は一般的に社会で活動する「探偵」という職業よりも、ミステリ小説の中などに出てくる「探偵」というものを意識しているのではないだろうか。

「……つまり、阿久井さんは宿にやってくるお客さんの『謎』を解き明かす探偵ということなんですね」

それこそ、推理小説の中の主人公のように——と言いかけて、私は口をつぐむ。阿久井はまっすぐな瞳で私を見つめていた。トリック。アリバイ。動機。そんな言葉から遠く離れるつもりで、ここまで来たというのに。

供されていた阿波晩茶を一口飲み、私は呼吸を整えた。揺るがない相手の視線に負けないよう、できるだけはっきりした口調で話し始める。

「すみません、話を戻します。私が用意してきた、『世界一くだらない謎』ですが――」

阿久井が静かに頷く。宿の玄関があるほうに視線を投げて、私はさらに続けた。

「私、入り口で阿久井さんに傘をお預けしましたよね。白い、ビニール傘です。東京は今日、終日晴れの予報で、徳島県内にも雨の予報は出ていませんでしたが――私はマンションを出るときからこの傘を持っていました。傘を持って、最寄りの駅から羽田空港に向かう前に、ちょっとした遠回りをしたんです。自宅マンションのある戸越《とごし》駅から都営浅草線に乗って、スカイツリー前まで。駅から一旦外には出ましたが、どこにも寄らず、そのまま駅の構内に戻ってエアポートの快特で羽田空港に向かったんです。空港で手荷物として預けるまで、ビニール傘はずっと持ち歩いていました。これが、私の用意した『世界一くだらない謎』です――さて、私はなぜ、使うはずのないビニール傘を持って、立ち寄る予定のないスカイツリーの最寄り駅まで行ってから、羽田空港に向かうことにしたのでしょうか？」

私が都内のマンションを出てからこの「かくれが」に着くまで、雨は一滴も降っていない。予報は当たり、もちろん私も傘が必要のない道中であることは知っていた。

自宅マンションから羽田空港に向かうなら、大門《だいもん》で羽田空港行きのモノレールに乗り換えるなどして空港ターミナルに向かえば済む話だった。だが私はそのルートをたどらず、自宅から出た後はスカイツリー最寄りの押上駅《おしあげ》に向かっている。スカイツリーに立ち寄る用事はなく、駅構外に出た後はすぐに改札内に戻っていた。

眠っていて乗り過ごしたわけではなく、意図的にそうしたのだ。誰かにあとをつけられることを恐れたわけでもない。私は使うはずのない傘を片手に、ただひとり、何の用事もない駅へ向かうという遠回りをしてから、羽田空港に到着したことになる。

これが、私の用意した謎。人も死なず、これといった事件も起こらない、世界一くだらない謎だ。

「もちろん、遠回りにしても傘の件にしても、ただの『きまぐれ』ではない理由があります。いかがでしょうか？　完璧に、と言わないまでも、かなり真相に近いことを言い当てられるだけの情報は——出したつもりですが——」

私があえて避けている話題。ちょっとした表情。

語った「謎」の内容以外にも、ことの真相に近づくヒントはちりばめられていたはずだ。だが、私が今しがた話した問題文だけを聞いても、筋の通った答えは導き出されるはず。これだけの情報で、阿久井はどんな推理を披露してみせるのだろう？　百点に近いほど、事実を言い当てたものになるだろうか。事実とは異なるが、論理的に無理のない解答をしてみせるのか。

「探偵」を名乗り、謎を求めるのならば、ぜひとも鮮やかな推理を披露してほしい。

私の中にはそんな期待があった。同時に、「やれるものならやってみろ」という意地のような闘争心がくすぶっていて――私自身、そんな稚気をまだ抱いている自分に驚いていた。推理合戦、犯人当てゲームか。学生のころはミス研に所属していて、マーダーミステリにも夢中になったものだが。

「どう、でしょうか」

あらゆる感情を抑え、私は阿久井に問いかける。

顎に手を当てて思案顔をしていた阿久井は、あっさりと、拍子抜けするほどふんわりとした口調で、こう言い放った。

「なるほど。これは難しい問題ですね」

肩の力が、すうっと抜ける。

舌鋒鋭く解説が飛んでくるわけでもなく、一言で答えを言い当てられるわけでもなかった。ただ、本人の口癖になっているかのような定型文が返ってきただけ。難しい問題――私はもしかして勘違いをしていたのだろうか？ もっと、こう、レシートを見て私の昨日の夜ご飯を当ててください、のような、ほのぼのした質問にすればよかったのだろうか？

「阿久井さん」

むず痒いほどのいたたまれなさを感じて、私は膝の上で手を握りしめる。阿久井はまだ何かを考えるような顔をしていた。七人くらい被害者が出た密室連続殺人の推理をしているみたいな表情だ。

「すみません、もしかして私、『くだらない謎』の意味を勘違いしていたでしょうか。もっと、ひっかけクイズとかなぞなぞみたいな問題のほうがよかったのかなって……」

「いいえ。櫻井さんはまさに、僕が求めているような謎を用意してきてくださいましたよ」

阿久井はふっと笑顔を見せ、片手を振る。またすぐに思案顔になって、続けた。

「ただ、非常に難しい問題であることは確かなんですよ。だから、僕に少し時間をいただけないでしょうか。そうですね、櫻井さんも明日には違う宿に移ってしまわれますから、今日の夕飯のあとまでをタイムリミットにいたしましょう。それまでに、真相そのものとは言わないまでも、櫻井さんが納得できるだけの謎解きをすると、お約束しますので。HPに書いていた通り、僕が謎を解き明かすことができれば、僕の勝ち。そうでなければ櫻井さんの勝ちとして、宿泊費を半額にいたしましょう。いかがですか？」

どちらになってもちゃんとお支払いしますけどね、という言葉を胸に隠して、私は深く頷いてみせる。

「わかりました。ちょっとしたゲームみたいなものですね」

「ええ。僕の趣味ではあるのですが、お客さまにも何か還元できればと思っていましてね――さて。食事も済みましたし、櫻井さんの『謎』もお聞かせいただけた。いいタイミングなので、そろそろ行くとしましょうか。僕はこのままエプロンだけを外して出ようと思いますが、櫻井さんはどうされますか。玄関でお預かりしたコートをお持ちしましょうか？」

「え？」

立ち上がり、エプロンを解く阿久井の姿を見ながら、私は間の抜けた声を出した。行くって、どこに？

呆然とする私に向かって、阿久井はまた森の奥に住む姫のような笑顔を見せる。

「かずら橋ですよ。歩いてすぐのところに渡り口があるんですけどね、営業時間がはっきり決まってないんです。陽が落ちたら渡れなくなりますから、今行っておきましょう。櫻井さんは運がいいですよ。橋も半年ほど前に架け替えたばかりで、足場もまだ真新しいですから――」

4

「無理無理無理無理！　無理！　無理です！　無理！　スッカスカですよ！　スッカスカですよ、これ！　足場じゃないです！　アスレチックの床です！　命綱なしで行くところじゃないです！」

日本三大奇橋に数えられる、祖谷のかずら橋。清流祖谷川の水面上十四メートルの高さにかけ渡され、ゆらゆらと揺れる足場はまさにスリル満点——と観光ガイドブック通りの文言を並べ立てても、この橋の「やばさ」は伝わらない。水面上十四メートルの高さなどとあっさり気味に書いているが、橋の真下は深い川とごつごつとした白石の転がる河原、まさに落下すれば「死」の一文字しかない危険な状況だ。加えて、この足場。本当に、誇張ではなく、スカスカなのだ。スッカスカ。線路に敷かれる枕木よりも細く頼りなく感じられる木がシラクチカズラの蔓でつなぎ合わされ、まさに必要最低限としか言いようのない足場を作り上げている。一歩踏み出すたびに、尋常ではなく、揺れる。

しかも、足場の隙間からは美しくも荒々しくうねる祖谷川の流れが丸見えなのだ。足場と足場の隙間から川へ落下することはまずないだろうが……ない、のか？　少なくとも足の一本くらいは通ってしまいそうな見た目をしているが。観光客が多く訪れる名所、と聞いて油断していた。これはアトラクションだ。絶叫系のアクティビティだ。え？　これ、みんな平気で渡れるやつなの？　夕刻が近いせいか、私たちの前後に他の客はいない。私のぶんもチケット代を払ってくれた阿久井は、へっぴり腰の私を置いてさっさと橋の中央部まで歩いて行ってしまった。

「阿久井さん！」

蔓で編まれた手すりにしがみついて、私は必死に声を上げる。橋から川を見下ろしていた阿久井が振り向き、真顔で言葉を返してきた。

「ここまで来ると川がよく見えますよ、櫻井さん。スマートフォンでお写真を撮られるときは、機器を落とさないように気をつけてくださいね」

「そこに行くもなにも、まず一歩が踏み出せな……うおお、待って、待って！　揺らさないで！　歩かないで！　こっちに来ないで！」

こちらに引き返してこようとする阿久井を制止して、私はなんとか歩を進め始める。恐るべし、徳島。美しい海と空に迎えられ、あたたかな料理でもてなされたと思ったら、こんな手荒い歓迎を受けるとは。

「そうですか――では、ここから説明しますね。このかずら橋に使われているシラクチカズラの重さはおよそ五トン、今は三年ごとに架け替えが行われています。今はまだ紅葉には早いですが、木々の緑が美しいですね」

「はい、はい、とても美しいです――あの、すみません、阿久井さん。私今まともな相槌が打てませんので、すみませんがそのお話あとにしていただいてもよろしいでしょうか？」

「いえいえ、構いませんよ。僕が好きにしゃべっているだけですので。観光列車の車内アナウンスだと思って聞き流してください」

「いえ、せっかくお話ししてくださってるので、そういうわけにも……うおお！　揺らさないで！　歩かないで！　すみません！　私が渡りきるまでそこで立っていただいても構いませんか、大変申し訳ないのですが！」

「櫻井さん……」

「なんでしょうか!?」

「歩かなければ、向こう岸にたどり着かないと思うのですが」

「それはわかってます！」

それを重々承知しているからこそ、私は生まれたての羊よりもおぼつかない足取りで歩を進めているのだ。一歩、一歩と足を出しながら、シラクチカズラの蔓にすがるようにして橋を渡っていく。真ん中あたりで律儀に待っている阿久井にようやく追いつき、視線を交わす。相手は私に場所を譲り、橋の中央に立った。何もつかまらずにいて、怖くないのだろうか……？

私は足を止め、恐る恐る川の上流に視線を投げてみた。きれい、だ。陽を浴びて輝く木々の葉に、不思議なほど青く見える川の流れ。絶景という言葉ですら表しえない、森の生命そのものに包まれるような感覚——子供じみた恐怖心をしばし忘れ、息を深く吸い込む。少しだけ、勇気が出た。背筋を伸ばしてまた足を踏み出す。橋の後半部分は、意外なほどにあっさりと渡ることができた。

「お見事です」

対岸にたどり着いた私の姿を確認して、阿久井もこちら側へと渡ってくる。腹が立つほど軽快な足取りだ。

「阿久井さんは……いいえ、地元の人は、みなさんこの橋を渡りなれていらっしゃるんですか？」

「いいえ。この橋を生活の中で使うことはまずありませんので。すぐそばに歩行者も車も渡れる橋がかかっていますからね」

では、あの平然とした態度と軽い足取りはいったい何だったのか。肝が据わっているというか、阿久井にはそういった恐怖を感じる人間的な肌感覚が、欠如しているようにも見える。

「少し歩きましょうか。すぐそばに、きれいな滝があるんです」

言われるがままについていく。「橋を渡りに行きましょう」という誘いを受けて宿を出てきてしまったが、阿久井の意図するところがわからない。

急《せ》かしてまで私にこの橋を渡らせたかった理由は何なのか、などと思ってしまい、私は首を軽く振る。さっきも考えたじゃないか。明確な理由なんて、日常生活でいちいち探るものじゃない。お客さんをもてなしたかったから、ここに連れてきただけのこと。動機とか筋立てとか、そういうものを気にしているのはプロットを立てる作家と、それをチェックする編集者くらいのものじゃないか。

緩い坂を上がる阿久井の背中を、足早に追う。涼やかな水の音が聞こえてきた。苔むした壁面を流れ落ちる、白々とした滝の流れ。落差は四十メートルほどか。滝つぼの水は濃い碧色に澄んで、その冷たさと深さが見た目からも伝わってくるようであった。

「琵琶の滝。平家の落人が都をしのび、この滝のそばで琵琶を奏でたという伝説が残っていることから、この名前がついたようですね」

祖谷の名所には平家の落人に関する伝説が残っているものも多い。落人伝説そのものは全国各地に存在するようだが、ここ祖谷に残る逸話は少しばかり独特で、史跡も多く残っているのだと聞いた。

「敗戦を覚悟した平教経《たいらのりつね》の一党が、安徳《あんとく》天皇を守りながらこの祖谷に逃げ延びてきた」

ぽつりと語った私に、阿久井が視線を投げてくる。滝を包む空気はどこまでも清澄で、物静かだ。

「教経はこの場所で雌伏の時を送り、平家の再興を望んでいたのかもしれません。けれど、幼い安徳天皇はその後わずか八歳で崩御してしまう。教経は――ここ祖谷では幼名の国盛《くにもり》を名乗っていたようですが――都へ戻ることなく、この地で静かな余生を送った、というのが、祖谷に残る平家の落人伝説です、よね。観光ガイドブックからの、聞きかじりの知識なんですけど」

日本史を専攻してこなかった身としては、この地に残る落人伝説にどこまでの信憑性があるのかはわからない。ただ、落日の一族が身を隠し、静かに暮らしていくには……この祖谷という土地ほどふさわしいところはないのでは、と思わせるほど、この場所が神秘と自然に包まれているのも事実だ。徳島は屋島《やしま》と地続きの土地でもある。かの有名な合戦の前後に、実際に落ち延びてきた人々もいたのかもしれない。

「僕もいわば新参者で、土地の伝承にはまだまだ詳しくないのですが……この地に残る落人伝説は、おおむねそういったもののようですね。追われる身である平家の一門が、この山深い土地へと逃げ延びてきた。そして、この伝承はあの奇妙な橋そのものにも繋がっている」

「かずら橋に、ですか」

「なぜあの橋はあれほど揺れなければいけないのか。なぜあの橋は、シラクチカズラの蔓という、短い期間で朽ちてしまうような素材で作られているのか。そう、それはすべて、追手の追跡を断つための『罠』のようなものであったんですよ。渡りなれていないものがあの橋を渡れば、橋は大きく揺れる。渡ってくるものがいることを、対岸の人間に知らせることになる。よそ者が橋を渡っていたら、切り落とせ。すぐに橋を切り落としてしまえるように、この土地に逃げ延びてきたものたちは、シラクチカズラの蔓でかりそめの橋を作った――すべては、追手の、そして自分自身の退路を断つために。あの橋は追われるものの、覚悟の象徴でもあるのではないでしょうか」

追われるものの、覚悟の象徴。

今は丈夫に架け替えられている吊り橋も、遥か昔はもっと危うく、脆く、人ひとりがやっと渡れるようなつくりをしていたのではないだろうか。この山深い場所まで自分たちを追いつめてくる者がいれば、容赦なく橋を切り落とす。追手は深い川底へと落下していくが、自分たちもまた、簡単には元の世界へ戻れない。

退路を断つ諸刃の剣。耳に心地よく響いていた滝の音に、すすり泣く声が混ざったような気がした。

「ともかく、ご安心ください。今のかずら橋はそう簡単に切り落とせるような構造にはなっていませんから。蔓が切れて真っ逆さま、なんてことにはなりませんよ」

当たり前だ。怖いことを言うな。

「でも、平家の落人伝説って、もちろんだけどどの話も物悲しいですよね。史実との整合性が保たれているというか、結局のところ再興が叶わなかったって結末になるのがその原因なのかもしれませんが……」

こう続けた私に、阿久井が微笑みを浮かべる。ここに至るまでに見せた笑顔の中でも、ひときわ柔らかな表情だった。

「悲しいですね。でも、僕はすべてがハッピーエンドになる結末だって、きっと存在していると思うんですよ。みんなが心身ともに健康で、幸せに暮らしました、と締めくくれるような結末が、ですね。この土地に住む者としては、逃げ延びてきた人の人生のすべてがそうあってほしいなとも思うわけですが」

物悲しい伝承が残る場所で語られる、素朴でまっすぐな希望。私は何も返せず、水面を打つ滝の流れと阿久井の背中を見つめていた。身をかがめた阿久井が何かを拾い上げる。プラスチック製のスプーン。マナーの悪い人が捨てて行ったものらしい。

阿久井はそれをしばらくしげしげと眺め、それから私に視線をよこしてきた。少し軽い口調で問う。

「そうそう、ひとつお伺いしたかったのですが。櫻井さん、コンビニにはよく行かれますか？　特に、食料品を買うなどの目的で利用されることは多いでしょうか」

「コンビニ、ですか？　はい。夕食のお弁当なんかを買うときに、よく利用していました」

「では、そのときにこういったプラスチック製のスプーンやフォークをもらうことはありますか？　ちなみに、僕は断るタイミングを逃してつけてもらってしまうタイプです。環境によくないですね」

「あ、私もどっちかっていうとそのタイプです。なんか、『おつけしますか？』に元気よく『はい』って答えちゃうんですよね……」

「なるほど。わかりました。櫻井さんは律義な人ですね」

律義、なのだろうか？　そして阿久井はなぜ、だしぬけにこんなことを聞いてきたのだろうか？

なぜ、どうして、を考える私にまた微笑みを見せて、阿久井が歩き始める。その姿を追いながら、私は木の陰に沈む滝の姿を一度振り返った。滝は何も語らず、ただ白妙の衣のような水の流れを岩に刻み続けていた。

5

「――あれ？」

宿の駐車場に停まる白いバンを見て、私は声を上げる。車から降りてきた曽川が、私たちの姿を見て片手を軽く上げた。

「帰ってきたんやね。かずら橋あたりに行っとったんかな？」

阿久井が頷き、私に視線を投げる。私も頷きを返し、答えた。

「はい。阿久井さんに案内していただいて、橋と滝を見てきました」

「それはよかったやん。しばらく祖谷に滞在するなら、あと何回か渡ったらいいよ。あんな死を覚悟する観光地、そうそうないけんね」

地元の人にとってもそういう認識なのか、と、私は潑溂《はつらつ》と笑う曽川の顔を見つめる。

腕時計で時刻を確かめた阿久井が、さらりとした口調で言った。

「もう夕食の支度をしなければいけないですね。櫻井さん、よろしければその間にお風呂をどうぞ」

お風呂――そう言えば、ここは温泉宿だったっけ。謎解きに関する設定などがいろいろと特殊すぎて、忘れかけていたけれど。

宿へと戻っていく阿久井の姿を見送って、私は曽川と顔を見合わせる。青い前髪を指先で流した曽川が、短く問いかけてきた。

「どう？」

「どう、って――」

何の、いや、誰のことを聞かれているのかをすぐに悟って、私は返す。

「ちょっと変わった人ですね、阿久井さん。あと、ちょっと怖い人なのかなとも思いました」

「怖い？　顔が？　確かに、血も涙もないエリート上司みたいな顔しとるもんね、あの人」

「いえ、いや、顔もちょっと怖いとは思うんですけど。その……どことなく、圧みたいなのを感じるんです。いろいろと親切にして下さるし、丁寧な方だってわかってはいるんですけど」

うまく説明できなかった。

曽川は天を仰ぐような表情をして、また宿に視線を送る。印象的な目をした人だ。上を向くと、眼球そのものの白さと大きさがはっきりとわかる。

「全部が怖い人、ね」

曽川はまた笑った。歯切れのいい声が、駐車場を覆う木々の葉に吸い込まれていった。

「それ、当たってるかもしれんね。けど、それを見抜いてしまう櫻井さんも、同じくらい怖い人ってことになるかもしれんよ？」

曽川は笑っていた。秘密を共有する子供が見せるような、屈託のない顔で。

私は阿久井が去っていった宿の奥に視線を投げた。藍染の暖簾が、夕刻の風に吹かれて静かに踊っていた。

6

真っ白な湯気が、冷えた肺に沁《し》み込んでいく。

「わあ……」

濡れる石造りの床を踏みしめながら、私は月並みな感嘆の言葉を吐いた。屋根を差しかけられた露天風呂のすぐ向こうは、川だ。橋を渡っているときにはずっと下に見えていた川が、すぐ目の前にある。陽がかなり落ちてきたせいで、あたりは薄暗い。青いような、灰色のような、秋の夕刻のひととき。温泉を照らす橙色の照明が、心底あたたかなものに見えた。

わずかに白濁した湯に足をつけ、ゆっくりと身を沈める。広さ十畳ほどの岩風呂に浸かっているのはもちろん、私ひとりだけ。ぬるめの湯はとろりと濃く、文字通り体の奥まで温めてくれるようだった。頬が緩む。長く長く感じられたこの一日のことを、ぼんやり振り返る。

ほんのわずかな遠回り。ビニール傘の柄の感触。スカイツリーを見上げたときの視界と、空港で食べたパンの味。徳島の空港から見た空の広さと、曽川の車の心地よい揺れ。山深い祖谷の景色。川の碧。木々の緑。迎えに出てきた阿久井の姿。揺れる橋。昨日までの都会の喧騒。だだっ広い編集部、散らかった自分のデスク、小さなワンルームのマンション。嘘のように遠く、遠く離れた景色。蕎麦米汁の湯気、温泉の、白い湯気――。

阿久井さんは、怖い人だ。

自分の中で幾度となく繰り返した言葉が蘇ってきて、私は汗で濡れた顔をぬぐった。怖い……どうしてそう思ったのだろう。宿に着いてからは、ずっと親切にしてもらったのに。いや、橋を渡らされたときは「なんてことするんだ」とは思いもしたけれど。あれだって、阿久井にとっては親切心であったのだろうし。

阿久井は間違いなく、優しい人だ。そうでなければ私が出された料理を食べているときに、あんなに嬉しそうな顔はしないだろう。優しいのに、怖いと感じる。

それはなぜ？　怖い、にも種類があるはずだ。怒られるから、怖い、自分に害をなすから、怖い。それはどちらも当てはまらない。阿久井の怖さは、もっと違うところにある。その原因のひとつが……そうだ。私がかつて、編集長に感じていた恐怖。それに似ている。心のうちを見透かされる怖さ。少しの言葉だけで、包み隠しているものを、すべて見抜かれてしまうような怖さ……。

少しの言葉だけで、すべてを。

切り落とせる橋。私の遠回り。

プラスチックのスプーン。まだ真新しい、私が肌身離さず持っていたビニール傘。

背中に、殴られたような衝撃が走る。

「そうか」

湯船の中で、私は立ち上がっていた。秋の日はさらに深く沈み、あたりは紺色の夜に染まり切ろうとしている。すべては、繋がっていたのだ。私が用意した点と点。阿久井が打った点と点。偶然ではない。その点を結んだものが、鮮やかな模様を描き出そうとしている。

「阿久井さん」

誰に聞かれることもない声を、私は漏らしていた。黒く揺れる木々の葉の向こうから、自らの声が返ってきた気がした。

「私、やっぱり——あなたのことが、怖いです」

7

阿久井が「謎解き」の場所として指定した部屋は、ほの暗い書斎のような場所だった。絨毯《じゅうたん》敷きの床に、火の消えたガスストーブと、柱時計。部屋の二面に設置された背の高い書棚には、古今東西の推理小説が並んでいた。江戸川乱歩全集。ディクスン・カーの古い文庫本。「探偵」を自称する阿久井の巣穴としては、ふさわしすぎる空間だ。

「ようこそ、櫻井さん」

部屋へ足を踏み入れた私を、椅子に座った阿久井が迎える。紺絣の着物姿。宿の浴衣に半纏を羽織った私も、その正面に腰を下ろした。テーブルに用意されたコーヒーからは、白い湯気が立っている。

「まだ八時過ぎか。秋の夜長と言うけれど、夜が早くなるとほんとうにそう感じるものですね——お食事のほうは、いかがでしたか」

夕食に供された料理は、どれも申し分のないものだった。強く塩を打った鮎の姿焼き。阿波尾鶏の炭火焼き。鳴門鯛の煮付けに、水雲《もずく》の味噌汁。香のものから米の一粒に至るまで、阿久井の心づくしを感じる夕餉だった。深めに頭を下げ、私は答える。

「とてもおいしかったです。昼の蕎麦米汁も、夕食に出していただいたものも、ぜんぶ」

相手が柔らかく微笑む。その口が次の言葉を紡ぐ前に、私はさらに続けた。

「阿久井さん。今度は私が、ひとつお伺いしたいんですけれど」

「はい。なんでしょう」

「阿久井さんは、初めから——私が『謎』を出したときから、答えがわかっていたんですね？」

沈黙。

阿久井はそうだ、とも、違う、とも言わず、自分の手元に置いていたコーヒーに口をつけた。短く息をつき、目を伏せたままで笑う。

「初めから真実がわかっていた、とは申しません。ただ、櫻井さんのお話を伺ってすぐに、『こうではないだろうか』と推測したまでですよ」

「それ、たぶん推測じゃないです。私の状況と、『世界一くだらない謎』として私が用意してきた問題文から、阿久井さんはかなり答えに、真実に近いものを導き出した。そう確信できる理由が、私にもあるんです」

「確信できる理由、ですか。それはいったい何のことでしょう」

「シラクチカズラの蔓で作られた橋と、コンビニのプラスチックのスプーン」

言い放った私に、阿久井が片眉を上げてみせる。その笑顔が好戦的なものに変化するのが、はっきりとわかった。

「私に橋を渡らせてあの話をしたのも、コンビニのスプーンの話をしたのも、すべてはこの謎解きに繋げるためだったんですね。私に質問しているように見せかけて、阿久井さんは逆に私へヒントをくれていたんです。僕はすべてわかっていますよ。僕のすべての行動は伏線で、行き当たりばったりの思いつきで答えにたどり着いたわけではないのですよ――ということを、私に示すために」

阿久井は指先で頭をかいた。きっちりと整えられていた髪が、わずかに乱れた。

「参りましたね。そのあたりのことを見抜かれていては、これはもう僕の負けみたいなものですよ。では、敗者の戯言《ざれごと》として、僕が推測した答えを……櫻井さんが用意してくださった『世界一くだらない謎』に対する解答を、念のために聞いていただけますか？」

相手が仕掛けた罠、いや、仕込んだ伏線に気が付かなかったという点で言えば、完全に私の負けだ。しかし、阿久井は初めから私に勝つ気などなかったのでは、という気もしてくる。真相が見抜けようと、見抜けまいと、客からくだらない謎そのものを聞ければよし。何かと理由をつけて、阿久井は客たちに勝ちを譲り続けてきたのではないだろうか。

「――お願いします」

だからこそ、私は阿久井が導き出した答えを聞いてみたい。首を縦に振る私に頷き返し、阿久井は淡々とした口調で「答え」を語り始めた。

「結論から先に申し上げます。櫻井さん、あなたは、東京にはもう戻らないつもりで、この徳島へと来られたのですね。『もう戻らない』は『しばらく戻らない』であるのかもしれませんが、それがどのくらいの期間をさすのかはわかりません。少なくとも、数日や数週間のことではないでしょう。戻らないつもりで、あなたは出発の日にこれまで住んでいたマンションを引き払ってきた。傘の件も、遠回りの件も、すべてはそこに繋がるんだ。ここまでは、よろしいですか」

訂正するところなど、いっさいない。

私は静かに頷いた。東京にはもう戻るつもりがない。出発の日と同時に、住んでいたマンションを引き払ってきた。すべての行動は、そこに繫がっている。一言一句、阿久井の言う通りだ。黙っている私の目をしばらく見て、阿久井はまたコーヒーを一口飲む。それから流れるように口を開いた。

「まずは、遠回りの件から行きましょう。櫻井さん、あなたが東京からここ徳島に来たことで、ほとんど使えなくなってしまったものがひとつだけあったはずです——そう、交通系のICカードですね。あなたが宿に到着された際、コートをお預かりしたときに、僕は内ポケットのあるあたりを手で触ってしまったのです。カードらしきものが入っていることに気づいて、こう思いました。すぐに取り出せるところにしまっているということは、これは交通系のICカードだろうか。パスケースなどにしまわず、むき出しの状態でポケットに入れているところをみると、無記名型のものなのかもしれない。通勤には定期を使わず、プライベートでだけICカードを使う人なら、こうして気楽に持ち歩くのかもしれないな。使うときだけ現金をチャージする。そして出発当日のあなたのICカードには、少しだけ余分な残金があった……羽田空港へまっすぐ向かえば、数百円ほど余ってしまうだけの残金です。コンビニなどで飲み物を買うのに使ってもいいかもしれない。けれど、あなたは気まぐれを起こした。なんとなく、遠回りをしてみよう。都内の電車にもしばらくは乗らないのだ、残金をほとんど使い切れるだけの区間を走って、それから羽田空港へと向かおう――」

　私は思わず、笑いながら首を振った。言葉を止めた阿久井に返す。

「すごいですね。ICカードのことも、私が考えたことも、ぜんぶ当たってます。心が読めるんですか？」

「推理とも言えない暴論ですからね、当たったのは幸運ですよ」

　幸運にしても、的を射すぎている。阿久井の言う通り、ICカードにわずかに残った残額が、私にちょっとした冒険心を呼び起こしたのだ。時間には少し余裕がある。ちょうどスカイツリーのある押上に行って、そこから羽田へ向かえばぴったりと使い切れるような金額だ。押上駅の構外には出るが、どこにも立ち寄りはしない。ほぼ全額使いきれる区間なら、どの駅でもよかった。ただそこが、東京の新しいシンボルとも言える塔の近くであっただけ――。

「それでは、傘はどうなるか。雨の予報のない旅路を、櫻井さんはなぜビニール傘と共に歩まなければならなかったのか。これも象徴的な問題ですね。櫻井さん、あなたはとても真面目で、人に迷惑をかけるようなことを決してやらないタイプの人だ。マンションの引き払いと旅立ちの日を同じにしたあなたは、それまでに部屋の中のものをすべて処分しておく必要があった――旅立ちの前の日、あなたはきっと寝具も何もない部屋でごろ寝をしたのでしょう。飲食はすべて使い捨ての食器で済ませて、そのごみだけをマンションの敷地内に捨ててこられるようにして。可燃ごみの日であれば、出発の日とその収集日が重なることもめずらしくはないでしょうしね。けれど、あなたにはどうしても処分できないものがあった。傘、です。おそらくは傘を含めた荷物をあなたがすべて処分してしまったあとに、雨が降る日があったのではないですか？　荷物をもう増やしたくないあなたは、仕方なくコンビニでビニール傘を買う。マンションの部屋に物は残せないので、部屋を出るときにその傘を置いていくわけにもいかない。敷地内のごみ捨て場に放置することも、あなたの良心が許さなかった。ならば？　持ち歩けばいい。持ち歩くしかない、と言ったほうがいいでしょうかね。しばらくは雨の予報がなくとも、滞在中にまた雨の降る日があるかもしれないし、傘の一本くらい持っていても損はない。だからこそ、あなたはあの真新しいビニール傘をここまで持参して来たのではないでしょうか。これこそがあなたの奇妙な遠回りの正体、あなたの真面目さが生んだ、不思議な道連れの真相であった――と、僕は推測しています。いかがでしょうか？」

私は目を閉じる。深く息を吐いて、すぐに返す。

「一言一句たがわず、ってくらい、その通りです。コンビニのスプーンの話も、この結論につなげるための質問だったんですね」

答えた私に、今度は阿久井が頷きを返す。カップの中のコーヒーは飲み干されていた。

「コンビニでスプーンをもらうタイプの人なら、傘もビニール傘を使うのではないかと思いましてね。櫻井さんは、もともと物を多く持ちたがらない方なのではと拝察しました。普段からビニール傘を使っていたから、部屋を引き払うときに傘のたぐいもすべて処分してしまった。その後に雨が降ったから、また新しい傘を買わなければいけなかったのです。まあ、これは」

阿久井が照れ臭そうに肩をすくめる。

「使い捨てのスプーンをもらう人は、同じく気楽に使えるビニール傘を使いがちだっていう、僕の偏見ですからね。推理とも言えないものですよ。だから、どれほど真実に近いことを言い当てていても、この推理ゲームは僕の負けなんです。お約束通り、宿泊代は半額にさせていただくということで、いかがでしょうか？」

終わりだ。私は試合に勝って、勝負に負けた。あれだけの情報から見事に真相を言い当ててみせた、阿久井の「暴論」に。

「退路を断ち切ることって、けっこう勇気がいることですよね」

私は囁く――もう東京には戻らないつもりで、マンションを引き払ってきた。仕事もやめ、長年使っていた家具も家電も人に譲り、譲れないものは処分して。自分の身と一本の傘、それにキャリーケースに詰めたわずかばかりの服とここ徳島に来た理由は、ひとつ。どこか遠い場所に行きたかったからだ。自分のことをだれも知らない土地で、本というものから、それにまつわる物事から、遠く距離を置きたかったからだ。ひと月の間ここに身を置いて、それからは……どうするのか、私自身も決めてはいない。おそらくは、資金の許す限り旅を続けることになるだろう。追ってくるものの道と、自分の退路を断つ、諸刃の剣。カズラの蔓《つる》で橋を編んだ落人たちも、同じような不安を抱えていたのだろうか。

私の不安と彼らの絶望は、比べようもなく大きさの違うものではあるけれど。

「マンションを出て、使ってた鍵を部屋のポストに投函した瞬間、あ、やばいって思っちゃったんですよね。さんざん、『本当にいいんだな？』って自分に聞いて、決断したことなのに。全部やめる必要はなかったと思うんですけど、でも——やるなら徹底的にやりたかったんです。ほんと、これからどうするかなんて、一ミリも決まってないし決めてもいないんですけど」

薄暗い照明の中で、阿久井の表情が揺らいだ気がした。泣き顔にならないように笑みを浮かべて、私は明るい声で言う。

「私、やばいですよね」

「いいえ」

はっきりとした答えが返ってきた。

「確かに、櫻井さんの今後というのは、まだ不透明なものではあります。が、いつだって用意されてるものだと思いますよ。すべてが幸福なところにおさまる、本当の意味でのハッピーエンドはね」

すべてが幸福なところにおさまる、本当の意味でのハッピーエンド。

それがどんな結末になるのか、今の私には想像もつかない。けれど、阿久井の言う通り、そのような「ルート」が存在しているのも事実だろう。

「——阿久井さん」

相手の名を呼び、私は居住まいを正す。「世界一くだらない謎」を解く探偵。心づくしの料理と、あたたかな温泉。たった一晩の宿なのに、百日ものおもてなしを受けた心地だ。

「ありがとうございます。阿久井さんに謎を解いていただけて、私もなんだかすっきりしました。ご飯もおいしかったし、温泉もすごくよかったです。一泊だけなのが残念なくらい」

「いいえ、いいえ、いろいろと至らないところもあったと思いますので。うちでは一泊だけですが、しばらくは祖谷に滞在されるんですよね？　いつでも遊びにお越しください。軽い食事くらいならいつでもお出しできますので——ん？」

言葉を止め、阿久井は耳をそばだてるような仕草をする。私も周囲の音に耳を傾けた。背筋が凍る。遠くから聞こえてくるこの音は、まさか。

「……サイレン？」

「消防車のようですね……どこだ!?」

「阿久井さん！　櫻井さんは!?　そこにいるん!?」

立ち上がり、窓に近づきかけた阿久井が、部屋へと飛び込んできた人物の姿を見て動きを止める。曽川だ。息を切らせているところを見ると、母屋から走って宿へと来てくれたのだろう。

「よかった——まさかとは思ったけど、あっちには行ってなかったんやね、櫻井さん。もう、ほんまびっくりしたわ。窓から見てもわかるくらい煙が上がっとるし、消防車もなかなか来んしで、ほんま、どうしようかって——」

「待って、待ってください、曽川さん」

一息に話す相手の言葉を止めて、私は身を乗り出す。サイレンの音はやまずに響き続けていた。

「火事、なんですよね？　どのあたりのお家なんですか？」

「お家じゃない、コージーハウス――櫻井さんが明日から泊まる予定の、ゲストハウスよ」

「え？」

え？

口を呆然と開けて、私は曽川の顔を見つめ続ける。

すぐ背後に立つ阿久井が、細く息を呑む気配がした。

☑二件目——誕生日じゃない日、おめでとう

1

翌日、二階建ての建物は、さほどひどい損傷を受けているようには見えなかった。

火元となった共同キッチンの窓の周囲だけが黒く焼け焦げ、火の勢いを生々しく伝えている。直火で食材を焼いていた宿泊客が焦げたマシュマロをごみ箱に捨て、そこでくすぶっていた火が燃え上がったらしい――という噂を近所の人が囁いていたが、本当のところはどうなのだろう。

いずれにせよ、死人や怪我人が出なくてよかったと言うべきなのか。滞在していた四人の客と、初期消火にあたった三名のスタッフは、避難して全員無事。他の部屋に延焼する前に消し止められたので、物的被害もほとんどないと。だが……。

施設の営業は当面の間休止。再開の見込みは立っていない。滞在していた宿泊客は帰宅を余儀なくされ、当然、これから来る客の予約もすべてキャンセル扱いとなった。

「あと、二十九日――」

建物を見上げながら、私はつぶやく。両脇に立っていた阿久井と曽川が、同時にこちらを見る気配がした。

「今月末まではこのゲストハウスに滞在して、それから徳島を出るつもりだったんです。祖谷をのんびり満喫しながら、県内のいろんな所に行ってみようって」

ゲストハウスの経営者は、何度も頭を下げながら今回の事故のことを謝ってくれた。あまりに気の毒すぎる。長期滞在のプランについていろいろと便宜を図ってくれるなど、宿泊する前からお世話になっていたのだが――。

「で、行くあてはあるん？　都内のマンションも引き払って来たって聞いたんやけど」

曽川の言葉に、私はゆるくかぶりを振った。

「いえ、徳島に滞在している間に行くところを探そうと思っていましたから。二、三か月はいろいろなところを転々としながら楽しんで、それから――都内あたりに戻って、また新しいどこかに住むつもりでいたので」

言葉の後半を濁し、私は肩を落とす。徳島市内、あるいは観光地である鳴門市内に移動して、長期滞在客を受け入れてくれる宿泊施設を探すか。祖谷地方のホテルは連日満室で、連泊の客を受け入れる余裕がないと聞いた。あるいは他県に移動するか？　わからない。とにかく、

「万事休《ばんじきゅう》すってやつ、でしょうか」

「阿久井さん！」

私が決め顔で言い放つと同時に、曽川が鋭い声を上げる。私たちのやり取りを見守っていた阿久井が、鷹揚な口調で答えた。

「何でしょう？」

「何でしょうも何も、今のやりとり聞いとったやんな？　二十九連泊くらい、どうにかならんの。もともと客室は五部屋くらい作ってるんやし、食事なしのプランなら安くもできるやろうし」

心臓が跳ねた。あの「かくれが」に、これから何週間も？　口と目を見開いた私を見て、曽川が力強く頷く。

「心配せんでええよ、家主権限でちょっとは無理も通せるけん。毎日の食事に困るようなら、母屋に来て食べてもええし。せっかく祖谷に滞在したいって言ってる子を、じゃあ他に行きなさい、寝泊まりするところがあるかどうかなんて知ったことじゃありませんって、放り出せんでしょ」

「曽川さん……！」

青く染めた曽川の髪が、ことさら鮮やかに見えた。阿久井は腕を組み、顎に手を当て、燃えた建物を見つめている。そしてはっきりと言い放った。

「もちろん、僕もそうしたほうがいいと考えてはいましたよ。けれど、それには条件がありますね。わかりますね、櫻井さん。『かくれが』に滞在するお客さまがしなくてはならないことを、あなたはもうご存知のはずだ」

「それって――『世界一くだらない謎を用意する』っていう、あれですか？」

「そうです。昨夜の謎はすでにいただきましたから、今夜から二十九日間、二十九の謎を用意していただくことになります。それができない場合には、あなたを『かくれが』にお泊めすることはできない。頑固と思われるでしょうが、これだけは僕も譲れない『条件』なんです」

「そんなこと言よう場合ちゃうってわかるやろ！　なんですっと受け入れてあげんの！」

曽川が強い口調で言い放つ。徳島訛《なま》りが生々しく出た台詞《せりふ》とその潔さに、私はときめきにも似たものを覚えていた。ギャップ萌えというやつだろうか。

「――というのは冗談で」

「冗談なんかい。ほな言うなや」

「代わりに、どうでしょう？　僕が今から出す『くだらない謎』を、櫻井さんに解いていただく、というのは。期限は……そうですね、明日の朝、今日滞在される予定のお客さまがチェックアウトをしてから一時間後まで、にしましょうか。今夜は『かくれが』

に滞在していただいても、もちろん構いませんので。僕が納得できるだけの答えを櫻井さんが用意できれば、櫻井さんの勝ち。二十九連泊でも、百連泊でも、受け入れることにしましょう。できなければ、他の宿を早々に探していただく。これでいかがでしょうか？」

阿久井は微笑む。私はひとつ頷いて、答えた。

「……わかりました」

拳を振り上げた曽川を制するように、私は簡潔に答える。謎を解くこと、解かれること。そんな勝負を仕掛けられたら、黙って引き下がるわけにもいかない。

「交渉成立、というわけですね。では」

眼鏡の蔓を人差し指の関節で押し上げ、阿久井は咳ばらいをする。表情を消して語り始めた。

「ある男性がふらりとオフィスを出て、散歩に出かけた。小雨がぱらついている。オフィスの一階に入るカフェは、通常通り営業していた。彼は自分の足元を見て、晴れ晴れとした気持ちになり、そのままオフィスへと戻っていった——さて、ここからが問題です。彼はなぜ『晴れ晴れとした気持ちになった』のでしょうか？　その気持ちに至る過程までを説明していただければ、正解といたします」

私は目線だけで阿久井を見上げる。これは、推理クイズというより――。

「まるで『ウミガメのスープ』ですね」

「水平思考」とも呼ばれている論理パズルにも似た出題形式ではないか。断片的な情報から、そこに隠された物語や答えを探っていく。正しい答えを導き出すためのピースが初めから揃っているわけではない（本来の出題形式では、解答者が出題者に「はい」「いいえ」で答えられる質問を行いながら推理を進めていくため）あたりが「推理クイズ」とは違う点だが、果たして。

「今の問題文だけでも筋の通った解答は作れそうですが、阿久井さんが想定している答えに近づこうとするには、決定的に欠けている情報がある――違いますか？」

私の言葉に、阿久井は片頰を上げて笑ってみせる。挑戦的で、まるで小鳥を狙う猛禽類のような眼光。本人は意図していなかった鋭さなのかもしれないが、一瞬ひるんでしまう。少しの間。隙のある表情に戻った阿久井が、今度は柔らかな声で言った。

「そこまで見抜いているとは、さすがですね、櫻井さん。ええ――確かに僕は、あえて大事な部分を伏せて、あなたにこの問題を解いていただこうとしました。けど、うん。さすがにちょっとあいまい過ぎたかもしれないなあ。情報を付け足しましょう。『オフィスビルの一階にあるカフェには、テラス席があった』『晴れ晴れとした気持ち、という表現は、適切ではない可能性がある』といったところですかね。ここから先は、櫻井さん。あなたご自身が考えた解答で、すべての空白を埋めていただきたいです」
まっすぐにこちらを見据える目に、引き結ばれた口元。私は拳を握った。思考がものすごい勢いで駆け巡る。情報から導き出されるもの、そのあらゆる可能性について考え始める。こんな気持ちになったのは、久しぶりだ。デビュー二作目、勝負をかけるべき作品のプロットをもらったときの気持ち。粗削りだが、強い輝きを放つ短編を預かったときの気持ち。脳の中の神経が立ち上がり、すさまじい速さで演算を始めて――。

(あんたが、担当じゃなかったらよかったのに)

巡り始めた思考を、重い記憶が断ち切った。

言葉を発することもできず、その場で立ち尽くしている私のことを、阿久井はただ見つめていた。やがて屈託のない、不器用にも見える笑みを浮かべて、ひらりと手を振る。
「がんばってください。櫻井さんなら、きっとできますから」

去っていく背中。頬に吹き付けてきた風には、わずかに煙のにおいが混ざっていた。

2

徳島名産の柑橘類といえば？

当然、すだちである。ここで「かぼす」と答えてはいけない。その答えは質問をした徳島県民に、深い悲しみをもたらすことになるのだから――。

グラスの中でグラデーションを描く黄緑色のジュース。無骨な木造りの店内と、窓から見える木々の葉の青さ。かずら橋からほど近い場所にある「カフェ」――曽川の経営する、その名の通りカフェと言う名のカフェだ――にいる客は、私ひとりだ。窓の外には何も置かれていない鳥の餌台があって、野鳥らしい羽根が一枚、ささくれた台の縁《ふち》に引っかかって揺れている。

冷えた「すだちスカッシュ」を一口飲んで、私は薄くため息をついた。強い炭酸は喉に心地よく、香り高いすだちの酸味が寝不足の頭をすっきりとさせてくれる。会社を辞めると決めてからの怒濤の半年間、空っぽのマンションの部屋。引き留めてくれた人たちと、冷たくなった人たちの顔。東京で過ごしたあれほどの月日が、まるで夢か幻のようだ。今ここにいる私は、ただ木の葉を眺めて、何をするでもない昼前の時間を過ごしている。

ここは、静かだ。

誰も追いかけてはこない。

背後にあるカウンターからは、水を流す音が聞こえ続けている。カフェとは言っても昼には軽食を出すんよ、よかったら食べて行って。との曽川からの申し出に、素直に従っているのだが。じっと座って待っているだけでいいのだろうか？　なんだか申し訳ない気がする。

――ずいぶんと、落ち着きのない性格になっちゃったな――

社会人になって、編集という仕事についてから、とにかくじっとしていられない性分になった。編集部にいても、少し手が空くだけで不安になってしまう。店頭で使うポップを切りぬいたり、メモ書きをシュレッダーにかけていたりするときには、何か悪いことをしているような気持ちになっていた。「自分は、無駄な時間を過ごしているのではないか？」と。省ける作業など、何ひとつなかったのに。達成すべきこと――成果――実入りがよい仕事――いついかなるときでも、「目的」を探すことそのものを目的としてしまったような気がする。何のためにその仕事をするのか、その仕事によって何が得られるのか。企画の打ち合わせでも……幾度となく、作家さんに同じ言葉を繰り返した。

「この主人公の目的は何ですか？」「物語を通して、主人公が得られるものはなんですか？」

目的。

阿久井は刑事という職を捨て、縁のないここ徳島で「かくれが」を営業しはじめたという。お客さんをおもてなしできるよう、必死に料理も勉強して。阿久井は――木々に囲まれたこの秘境の中では、とても異質な存在に見える。騒がしい署内と、陰惨な事件の現場。赤色灯の光。眉根を寄せる刑事たち。コートを着て、雨に打たれ、犯罪への憎悪を滲ませた視線で遺体を見下ろしているイメージのほうが、しっくりくるのだ。

けれど、今の彼は現場にはいない。手に包丁を握り、訪れる客のことを思いながら心づくしの料理を用意している。

どうして、ですか？

阿久井さんは、なぜ、刑事をやめて――。

「おーい、寧々子ちゃん」

呼びかける声に、私は振り返る。曽川はいつの間にか私のことを、「寧々子ちゃん」と呼ぶようになっていた。

黒い固定電話を耳に当てた曽川が、身振りを交えながら言った。

「阿久井さんから。ご飯食べたら、すぐ『かくれが』に帰って来てほしいんやって。今日チェックインするお客さんがもう到着しそうやし、その人が昼食を済ませたら——お客さんが出す『謎』を、寧々子ちゃんにも聞いてほしいんやって言うてるよ」

3

「いやあ、それにしても焦りましたよ。何ていうか、祖谷って——めちゃくちゃ遠いんっすね！」

昼下がり。十二時三十七分。けだるい日が差し込む「かくれが」の食堂で、私は身を硬くして座っている。正面に座る二十代の男性が、「かくれが」の今夜の客、山南恭司《やまなみきょうじ》だ。到着早々昼食を済ませたらしく、椅子の傍らには巨大なバックパックが置かれたままだった。それにしても、山南のこの服装は。

「山南さんは——お遍路さん、なんですか？」

白衣に輪袈裟、というのだろうか。四国八十八か所をめぐる「お遍路さん」の特徴的な装束をまとった山南は、はにかむような表情を見せた。肌に日焼けのあとは見られない。

「僕ね、週末遍路、ってやつをやってみたくて、東京から出てきたんです。あ、週末遍路ってのは僕が勝手に考えた名前なんですけどね。長期休暇とか土日とかを利用して、八十八か所を順番に回っていく。休みのあいだに回れるだけ回って、地元に帰って、次の休みのときにはまた続きから再開するような段取りです。今日はとりあえず朝早くから一番札所と、ええと、二番まで行って、昼からは祖谷を観光して泊まってまた明日は三番から始めて——って思ったんすけど、いやあ、びっくりするほど遠かったですよ！二番札所からここまでのタクシー代、えげつなかったですもん」

四国八十八か所めぐりは、ここ徳島から始まる。せっかく徳島に行くのなら、ついでに有名な観光スポットにも寄っていこう。大丈夫大丈夫、北海道のようなでっかい土地であるなら話は別だが、徳島くらいのこぢんまりした県なら一日で端から端まで移動するくらいどうということもないだろう。車で二時間半？　いけるいける。くらいのノリで、山南はここまで来てしまったのだろう。ここ祖谷は一番札所から始まる県北東部の遍路ルートからはかなり外れている。無謀だ。山南という男は、なかなかに無計画な性格をしているらしい——いや、私も人のこと言えないか。

「山南さんも、『かくれが』に泊まりたくてここまで来られたんですね」

そう話しかけた私に向かって、山南は人懐っこい笑みを浮かべた。

「そりゃ泊まってみたいですよ、こんな面白い宿、他にないじゃないですか。一日一件、ひとりの客限定っていうのも面白いですけど、『謎解きゲーム』がついてくるとあっちゃ、ミステリ好きとしてはめちゃくちゃ気になるじゃないですか。俺、こう見えてもミステリ小説とかすっごく好きなんで。謎、解かれない自信ありますからね」

「ミステリがお好きなんですか？　たとえば、どんな――」

聞いてしまってから、私は口をきつく引き結ぶ。もう、「職業」としてはこの手の話題を振る必要などないのに。山南は気さくに、新本格ミステリの代表的な作品をいくつか答えてくれた。どれも、私が大好きな作家の作品ばかりだ。きらきらと怪しく輝く宝石のように思えていたその存在が、今では暗い水の底に沈んだ宝箱のように思える。

「あの、ところで――なんですけど」

カウンターでコーヒーを用意している阿久井の姿をちらりと見て、山南が少し身を乗り出す。

「お姉さんは、店長さんの奥さんなんですか？」

聞かれると思った。

スタッフっぽい顔をしてここに座っていたら、だいたいの人がそう思うだろう。ここは一日一件の予約限定の宿、自分以外に他の客がいるはずはないのだから。いいえ、客です、と答えてしまったら、その決まりを破ったと思われる恐れもある。しかも、その責任を負ってしまうのは阿久井だ。言葉に窮し、私は少しの間視線をさまよわせてしまう。とにかく何か答えなければ、と口を開きかけた、そのときだった。

「僕の友人ですよ。しばらくの間、宿を手伝ってもらってるんです」

テーブルへと近寄って来た阿久井が、丁寧な手つきで三人分のコーヒーを配る。私の隣の席につきながら、さらに言葉を続けた。

「せっかくなので、お客さんと謎解きゲームをするところも見てもらおうと思いましてね。もちろん彼女から謎解きのヒントはもらいませんし、山南さんが謎にまつわる話を第三者に聞かれたくないとおっしゃるなら、席を外してもらいます。いかがでしょうか？」

「ああ、俺はぜんぜん大丈夫ですよ。そっか、てっきり奥さんだと思ったから、前のめりで聞いちゃってすみませんでした」

奥さん、という言葉を繰り返されて、私は椅子に座りなおす。なんとなく、落ちつかない気持ちになった。

「じゃあ、もう始めちゃっていいですか？　俺が考えてきた『世界一くだらない謎』、その名も『誕生日がない同居人』ってやつなんですけど――」

表情を引き締め、山南が語り始める。阿久井は指を組んで、静かに頷いた。

「俺、年がちょっと離れた弟がいるんです。俺が今年二十七で、弟は今大学三年生だから、えっと、二十一になるんですけど。この弟ってやつが、小さい頃からおとなしい性格で――学校に行ってもなかなか友達はできないし、休みの日はほとんど家にいて遊びに行く気配もないしで、両親も俺も心配してたんですよ。あいつ、大丈夫なのかなって。友達もできないようじゃ、この先彼女もできないんじゃないかって、おやじとおふくろはよく言ってましたね。今も言ってますけど。俺はそれよりも、弟がどこにも遊びに行かずに、家で勉強ばっかしてるほうが心配でたまらなかったんです。心配、っていうか、なんとかしてやりたい、っていうほうが近いですかね。だって、友達と遊ぶこともない高校生活なんて、つらすぎるじゃないですか。面白いこともないし、思い出作りもできないんですよ」

「なるほど――続けてください」

阿久井の声には、何の感情も込められていなかった。私がここまでのわずかな話だけで覚えた胸のざわめきを、彼も感じているのかどうか。

「弟はすごく勉強ができるやつですから、大阪の理学部に進学して、三年前からひとり暮らしを始めましてね。両親はとにかく心配らしくて、長期休みのたびに帰って来い、帰って来いって言うんですけど、なかなか実家に顔を出さないんです。親がしょっちゅう行っても嫌がるだろうってことで、俺が出張で大阪に出たときには、必ず弟のマンションに寄ってやってくれって頼まれたんです。まあ、頼まれなくても行くつもりではあったんですけどね……六歳も離れてると、弟って半分、いや四分の一くらいは子供みたいなもんですから。で、何かとついでがあるたびに弟のマンションに通うようになったんですけど。これが、やばいんですよ。家にいるときからその兆候はありましたが、やっぱりって感じだったんです」

「何か、まずいことがあったんですか？」

私の問いかけに、山南は神妙な顔をして頷いた。

「片付けないんですよ、とにかく。ごみとかは比較的ちゃんと処分してあるんですけど、まあ、本が多いしレジュメなんかは床にまで散らばってるし、その上カーテンは一日中閉めっぱなし、鈍いのかどうかわかりませんけど、冬場はちょっと肌寒いなってくらいの気温で過ごしてるしで、お前、これが行き過ぎると死ぬぞって言っちゃったんです。ひとり暮らしを始めて一年半くらいたったときのことですかね。そうしたらあいつ、『関係ない、放っておいてくれ』って拗ねて、しばらく俺も顔出せなくなって。それから一年近く、弟のマンションに行くことはありませんでした。つい最近になって、また部屋に上がらせてくれるようになったんですけど——俺が『謎』に出会ったのは、まさにそのときでした」

言葉を切り、山南はコーヒーを飲む。熱いものを口にしているとは思えない、豪快な飲みっぷりだ。

「出張があるから久しぶりに部屋へ行ってもいいかって、弟に連絡を入れて。別にいいよって返事があっさり返ってきたから、仕事を済ませたその日の夜に泊まりに行ったんです。しばらく行ってないし、まともに連絡も取ってないしで、部屋もきっと悲惨なことになってるだろうな——って、入ってみたら、ですよ。嘘みたいに明るいんですよ。いや、夜だから当然外は暗いんですけど、なんというか、部屋全体の雰囲気が明るいんです。床にはごみひとつ落ちてないし、カーテンは遮光のやつじゃなくて光を通すやつになってるし、窓のそばには一メートルくらいのでかい観葉植物まで置いてあるし。水回りもよく掃除されてて、部屋全体が清潔な感じで、俺、すごく感動しました。それで、弟についい聞いちゃったんです。『彼女でもできたのか？』って。弟が親にいつもそういうこと聞かれて鬱陶しがってるの知ってるのに、つい、言葉になって出ちゃったんですよ。我ながら、うるさい兄貴ですよね」

「そんなことは――」

ない、と言いかけて、本当はどうなのだろうと考えてしまった。山南や彼の両親にとっては何気ない質問でも、深く傷つく場合だってあるかもしれない。実際のところは山南の弟に会って聞いてみなければわからない部分もあるのだが……。目線だけを動かして、私は隣に座る阿久井の顔を見る。阿久井は表情を変えず、山南の言葉の続きを待っていた。私のことを「奥さん」と言われたときもそうだ。動揺せず、照れず、ただ微笑んで、相手から発せられた言葉を情報として脳に沁み込ませているかのような。罪を犯した人の話を聞いているときもこんな表情をしていたのだろうかと思うと、また胸にざわめきが広がった。

「……でも、弟は怒りもせず、『いいや』と答えただけでした。なんだ、彼女でもできて一緒に暮らしてるのかと思ったよって、俺が笑ってごまかすと、今度は『まあ、それも半分当たってはいるけど』って言うんです。え？　でしょう。弟は確かにそう言ったんですよ。一緒に暮らしてる人はいない。けれど、それも半分当たっている、つまりはそれに近い生活を送っているんだって。俺、めちゃくちゃびっくりしましたよ。あの弟が？　誰かと住んでるっていうか、半同棲みたいなことやってるのか？　って。いったいそれは誰なんだ、どんな人なんだ、どこで知り合ってどれくらい付き合ってるのか、って、そりゃもう死ぬほど聞きたいことはあったんですけどね——弟は質問攻めにすると、逆に口をつぐんじゃうタイプだってよくわかってたので、ぐっと耐えましたよ。耐えて、耐えて、あたりさわりのない感じで話題を持っていこうって考えすぎて、ついにはすっげえ変な感じで質問しちゃったんです。

『お前、先月誕生日だったよな。その子から、何かもらったの？』

って。おかしいですよね。なんでいろいろすっ飛ばして、誕生日プレゼントの話になるんだって、俺自身が思いましたもん。けど、そのときはうまい感じで話題を振れたと思ってたんです。そうしたら、あいつ、何て答えたと思います？

『もらってないよ』

だそうなんです。そりゃ悲しいだろ、なんでだよ、お前は相手の誕生日になんかあげたりしなかったのって聞いたら、あいつ、今度は笑ってこう言ったんです——。

『さあ。そもそもその子、誕生日がないから』

俺は首をかしげました。もちろんその場で弟に問いただして、その言葉の真意って言うんですか、意味はすぐにわかったんですけどね——結局はすっげえくだらないことだったんですけど、これが俺の用意した『世界一くだらない謎』です。答え、わかりますか、店長さん？」

整理された部屋。

激変した弟の生活。

誕生日が「ない」という同居人。

山南の話した謎は、確かに日常の中のちょっとした謎で、「くだらない」ことなのかもしれない――だが、十分奇妙だ。ミステリ好きと言うだけあって、山南の話の組み立て方はものすごくうまかった。

話を聞き終えた阿久井は、目を閉じてしばし、考え込むような表情を見せる。そしてゆっくりと瞼を開き、あのセリフを言い放った。

「なるほど。それは難しい問題ですね」

心の底から悩んでいるような、頼りなくさえ聞こえる口調。山南は一瞬目を見開いたあと、嬉しそうな声で言う。

「マジですか。俺の問題、けっこうよくできてたってことですか？　宿泊代半額も、ガチあり得るってことですね」

「はい。お話もすごくお上手でしたし、非常にわかりやすかったです。これは僕も、敗北を覚悟しなければいけないかもしれませんね」

「ほんまっすか――やったあ。俺、ミステリ小説とか書いてみようかな。時間があったら、新人賞とかにも応募したいんですよね。これはマジで。小説家って、すげえ夢のある職業じゃないですか」

山南の顔が急にまぶしいものに思えて、私は目を伏せる。「書く仕事」で財を成す、華やかな世界。書斎、文壇のパーティー、大きな賞の授賞式——もちろん、山南にだってチャンスはある。誰にだってチャンスはある。だからこそまぶしい。それを目指す人々の希望に満ちた顔を、今の私は直視することができない。

「夢にあふれていますよね。僕みたいな『探偵』という職業も、また別の希望にあふれているとも言えるのですが」

阿久井が答え、山南がまた豆の鉄砲で撃たれたハトのような顔をする。

「『探偵』——すか？」

「はい。宿の経営者は副業で、謎を解く『探偵』が本業だと思ってください。自称ではありますけどね」

「副業にしちゃ料理の腕がすごいじゃないですか。昼メシ、えげつないほどうまかったですよ。やっぱ若いときから料理の修業とかされてたんすか？　フランスとか行っちゃったり？」

山南の言葉に、阿久井は照れたような笑みを浮かべる。いいえ、ほとんど独学ですよとだけ返して、それ以上の事情は説明しようとしなかった。

　二人のやりとりを聞きながら、私は「あれ？」と首をかしげる。どうやら、山南は阿久井が元刑事であることを知らされていないらしい。てっきり、阿久井は自分の経歴をすべての宿泊客に明かすものだと思っていたのだが。実際、私は到着前から「知っておいてほしい」とそのことを伝えられていたではないか。話の流れで言うタイミングを逃したのか、あるいは、別の理由があるのか。

「阿久井さんが探偵なら、俺は犯人ってことですかね——ちょっと違うか？　えと、答え合わせは今日の夜になってでいいんですよね。夕飯まで時間あるし、俺、その間に周りの観光とか行ってきたいんですけど、もうここ出ちゃっても大丈夫ですか？」

　山南はくるくると表情を変えながら、慌ただしく立ち上がる。行動力があるというか、先んじて何かをしていないと落ち着かないタイプらしい。席から立ち上がった阿久井が、軽く頭を下げる。

「もちろんです。七時には夕食を用意して、お待ちしていますから——ああ、山南さん」

「はいはい」

「さっきの謎について、ひとつだけ質問させてください。弟さんは、その半同居人に関して『誕生日がわからない』ではなく、『誕生日がない』とおっしゃったんですよね？」

山南の目が泳ぎ、少しの間が空く。やがて迷いのない返答が飛んできた。

「はい。確かに、そう言いました」

「承知いたしました。あとは、僕なりに答えを考えておきますよ」

山南はまた笑顔を見せ、「同行二人」と書かれた白い山谷袋を手にする。椅子から立ち上がり、今度は私たち二人に向かって声をかけていった。

「これ、いいっしょ。一番札所で買ったんですけど、巡礼用品を入れとくバッグみたいなやつらしいっす。スマホと財布だけ持って出るのに便利なんで、衝動買いしたんですけどね」

そう言い放ち、山南は巨大なバックパックと金剛杖を食堂に残して、散策へ出かけて行った。コーヒーカップの中はきれいにからっぽだ。阿久井はしばらく何も言わず、そこから動こうともしなかった。なんとなく気まずい。私はいったい——どういう立場で、この場所にいればいいのだろうか？

「あの、阿久井さん」

たまらずに声をかける。こちらに視線を投げた阿久井が、表情を変えずに言った。

「すみません、櫻井さん。けれど、あれは嘘ではないんです」

「嘘……何のことですか？」

「あなたを僕の友人だと言いましたね。僕としては、間違ったことを言ったつもりはない。一日につきお客さんをひとりしか受け入れないことへのエクスキューズではなく、心底そう思って発言したつもりです」

友人――友人？　僕の友人ですよ、しばらく宿を手伝ってもらってるんです。あの言葉が、本心だったと？　阿久井にとっては、嘘をついたつもりはないと？

私は目をしばたたかせ、眼鏡の奥の鋭い瞳を見つめる。すぐに直視できなくなって、顔を伏せる。

うつむいた頭に、阿久井の低い声が飛んできた。

「というわけで、わが友人の櫻井さん――僕たちも、少し散歩に行きませんか？」

4

大型の観光バスが停まっている。ツアーの団体客らしき中高年の女性たちが、明るくお喋りをしながら巡礼用品を扱う駐車場内の店に入っていく。白装束を着たマネキンと、レトロなプラスチックのベンチ。観光目的らしい家族連れ。「四国一番霊場」と書かれた赤い鳥居。

「阿久井さん、ここって——」

「四国八十八か所の第一番札所、霊山寺《りょうぜんじ》です」

ここが巡礼の始まりの場所、発願の寺。静謐で厳かでありながら、どこか観光地としての賑やかさも兼ね備えた、徳島随一の名所のひとつ。随一のひとつという表現はおかしいか？　いや、問題はそこではない。

「高速に乗ってめちゃくちゃ走るから、どこまで行くのかと思いましたよ！」

散歩に行こうと誘われ、歩くと大変だから車で行きましょうと言われて阿久井の軽自動車に乗って、高速をひたすら走り続けること、二時間。土地勘のない身にはひたすら東に向かって走っているという実感しかなかったが、まさか八十八か所霊場の一番札所を目指していたとは。もう一度駐車場をぐるりと見回して、私は続ける。

「もはや散歩って距離じゃないじゃないですか」

「まあまあ、散歩という定義にもいろいろありますから——家の敷地内をうろうろするのも散歩ならば、車を走らせて山を越えてしまうことも散歩のひとつだと、僕は考えているんですよ」

阿久井のよくわからない散歩哲学を聞かされて、私は首をかしげる。それにしても、休憩時間内とはいえこんな遠くまで来ても大丈夫なのだろうか。

「お店、留守にしちゃってもいいんですか」

阿久井はエプロンだけを外したコックコート姿のまま、私も財布とスマートフォン程度の荷物しか持ってきていない。

「曽川さんのお父様にお留守番を頼んでいますから。『いいアルバイトになるから、どんどん頼んじゃってよ』と言ってくださるので、助かっています」

「かくれが」の裏の母屋に住む曽川の父とはまだ顔を合わせていないが、そんなにも軽い口調で喋る人なのだろうか。歩き出した阿久井を追って、私も赤い鳥居をくぐる。木のトンネルに包まれた短い道を歩いていると、祖谷の秘境とはまた別の異世界に迷い込んだ気分になった。

「――いろいろなところに行ってみたい、とおっしゃっていたので。だからお連れしたかったんです」

「え？」

あまりにさらりと言われたので、うまく反応することができなかった。前を歩く阿久井の背を見ることがなんとなくできずに、私はうつむく。言葉を返すタイミングを逃しているうちに、短い小径の出口がすぐ前に見えてきた。

小径を抜けた先では、風格のある仁王門が巡礼者たちを待ち構えていた。白い装束に身を包んだ人たちが、力強い仁王像の前で写真を撮り合っている。

「――行きましょう。ご本尊に手を合わせる時間くらいはありますので」

帰りにかかる時間を考えると、それほどゆっくりはしていられない。門をくぐる阿久井に続いて、私も速足で歩を進める。

こぢんまりとした境内には、秋の柔らかな光が満ちていた。放生池《ほうじょうち》には鮮やかな色とりどりの鯉が泳ぎ、池のほとりにはなぜかパンダの遊具らしきものが置かれている。手水で手を清めて、奥に位置する本堂へ。八十八か所のご本尊は寺によって違う。ここ霊山寺のご本尊は釈迦如来であるらしい。

阿久井は慣れた足取りで本堂へと歩を進めていた。境内を行きかう白い装束の人々を眺めながら、私は問いかける。

「お遍路って、徒歩で回らなきゃいけないってわけじゃないんですよね」

必ずしも一番札所から回る必要はなく、どこから始めてもよい。また、今夜の「かくれが」の客である山南のように、幾度かに分けて巡礼の旅を続ける人だっている。徒歩での巡礼が伝統的ではあるものの、車やバイク、バスツアーでの団体巡礼も多く行われているのだと聞いた。

「そうですね。どこから始めてもいいし、いつ始めてもいい。歩いても、車でも、可能ならば空を飛んで回っても構わない——月並みな言い方ですが、すべては『祈る心』次第なのだと思いますよ。遍路を行う理由も、本当に、人それぞれです」

スーツ姿に白衣を羽織り、輪袈裟をかけた高齢の男性が、本堂へ向かう私たちとすれ違っていった。その胸に、妻らしい人の遺影を抱いて。唇を嚙む。揺れる明かりに導かれるようにして、本堂内へ向かう短い石段を上がる。

軽く礼をする阿久井に続いて、私も賽銭箱の前で頭を下げた。財布から小銭を探って取り出し、五百円玉をそっと投げ入れる。手を合わせる。このような祈りの場に来たとき、以前は——「商売繁盛」ばかりを頭に浮かべていた。担当した書籍が売れますように。賞を取れますように。今は？　とっさには思い浮かばず、つい「世界が平和でありますように」とぼんやりした、しかし切実なことを祈ってしまった。頭上に浮かぶ数多《あまた》の灯籠《とうろう》と、はるか遠くにさえ見える本堂奥の祭壇。ご本尊の前で祈りを捧げる遍路さんたちの背に、「南無大師遍照金剛《なむだいじへんじょうこんごう》」の文字が躍っている。

そっと視線を送り、私はまだ手を合わせたままの阿久井の横顔を見る。その表情の奥の奥、何重にも隠された芯の部分にひそんだ苛烈なものを感じて、すぐに目を逸らしてしまう。苛烈。いや、凄惨、とでも言えばいいのだろうか。阿久井はこれほどまでにすさまじい表情をして、いったい何を祈っているというのだろう。

「――さあ、行きましょうか」

促されて、一瞬身をすくめてしまった。阿久井が不思議そうに首をかしげる。何でもない、というふうに微笑みを浮かべて、私はまた彼のあとを追って歩き始めた。石段を下りる。木の葉の揺れる音、緑の匂いがする風――池の周囲を回るように歩いて、今度は左手に見える「大師堂」の前に来た。四国霊場にゆかりがあるとされる弘法大師・空海を祀るお堂で、八十八か所どの霊場にもこの「大師堂」が存在している。参拝するお遍路さんを見上げながら、阿久井が言った。

「『同行二人』という言葉がありますが、僕、前はこの言葉の意味を勘違いしていたんですよ」

お遍路さんの山谷袋や遍路笠に書きつけられていることが多い、この四文字。阿久井の言う勘違いとは、まさか――。

「お遍路は常に二人一組で回る、みたいな意味だと思ってた感じですか」

私の言葉に、阿久井が少し驚いたような表情をする。やはり。まったく同じ勘違いをしていたことがわかって、つい笑いあってしまった。

「櫻井さんもそう思われていましたか。二人組のお遍路さんの横にこの『同行二人』という文字が添えられているイラストを見たことがありましてね。そこからずっと勘違いしていたようです。実際は、四国遍路において巡礼者には弘法大師が寄り添っている、常に共にあるからこそ『同行二人』なのだ、という意味合いらしいのですが。なんとなく、勇気が出てくる言葉ではありますね」

巡礼の道は過酷なものだ。険しい山道もある。雨の日も、酷暑の日も、極寒の日だってあっただろう。折れそうになる心を、どれほどこの言葉が支えてくれたか。山野を行く巡礼者の気持ちになって、私は秋の空を背負う大師堂を見上げた。ふと、言葉を漏らしていた。

「ひとりじゃない、って思えることって、やっぱり力強いものなんですかね」

私自身はそれなりに家族と仲良くし、学生生活や社会人としての生活を通して友人も作ってきた。親友と呼べる存在だっている。だが――困難なとき、苦しいとき、すべてを白紙にしたいと考えたときに浮かんだのは、彼らの顔ではなかった。むしろ、頼ってはいけないとさえ思った。自分の問題を、他人が背負ういわれはないのだからと。ただ自分にできることだけを考え、そうして……私はここまで来た。自分の力だけで生きてきたような気もするが、よくわからない。本当に、孤独だったのかどうなのかも。

「心の支えにはなると思いますよ。常に誰かがいてくれる、見守ってくれている、という考えは、勇気をくれるものだ――僕としては、その思う相手が人間でなくともよいと考えていますけれどね」

思う相手は、人間でなくともよい。

同行二人という言葉。二人だと思ったものが、そうではなかった。寄り添うもの。心の支えとなるもの。巡礼の旅。祈り。誰かのために。

不意に摑みかけた「何か」が、手から零れ落ちてしまう。

「では、行きましょうか。山南さんも、夕方には宿に帰って来られるでしょうし」

阿久井が再び歩き始める。駐車場に向かうその姿をしばし見守って、私は木々の葉に揺れる境内を振り返った。何千、何億もの祈りを聞き続けた場所。すべての始まり、発願の地。私が徳島という土地に惹かれたのも、この「始まりの場所」を求めてのことだったのかもしれない。

そうだ。

タイミングを逃して、ちゃんと伝えていなかった。

「――阿久井さん」

立ち止まった相手が振り向く。私は笑みを浮かべて続けた。

「ありがとうございます。ずっとここに来てみたかったので、嬉しいです」

阿久井は軽く口角を上げただけで、また正面に向き直って歩き始めた。

その薄い耳の先に、わずかな赤みがさしていた。

5

午後九時五十八分。

柔らかな橙色の明かりに包まれた空間と、眠り込んだままで私たちを見守っているかのような書籍たち。「謎解き部屋」には私と、すでに夕食と風呂を済ませた山南と、阿久井の三人が揃っていた――山南は派手な色をしたシャツとスウェットのパンツ。私はマキシ丈のワンピースに着替え、阿久井は白い襟付きのシャツに細身の黒いパンツを合わせていた。コックコートの上だけを脱いで、着替えてきたのかもしれない。午後十時。約束の時間が始まる。

「さて――」

「店長さん、わかりました？　俺が昼間に言った『謎』の答え」

前のめり気味に聞く山南に、阿久井が微笑みかける。客に向ける笑顔は、相変わらず森の姫のように柔らかく優しいものだ。

阿久井は身体を前に倒し、膝に置いた両手を固く組んだ。神妙な声色で言う。

「結論から言いますと——わかりませんでした。山南さん、この『謎解き勝負』はあなたの勝ちということになります」

「ええ⁉」

「えっ、阿久井さん！」

ほぼ同時に声を上げた私たち二人に向かって、阿久井は制止するように片手を上げる。

「答えは出したが、そうと断じるだけの根拠はない。僕が今から話す『解答』が山南さんの考えていた、いえ、実際にあった通りの事実を言い当てていたとしても、僕としては自分の勝ちであるなどとは思いたくないんです。それを承知の上で、聞いていただけますか？　僕があなたの話から想像した、『誕生日のない同居人』の答えを」

「それは、もちろん——いいですけど」

山南が困惑気味に答える。私は何も言うことができず、黙って二人のやりとりを見守っていた。誕生日のない同居人。山南の弟の生活を一変させた存在。それは——？

「まず、僕が『そうではない』と思った答えからお伝えしましょう。山南さん、あなたは弟さんのことを『友人付き合いが少ない』人物であると、繰り返しそう表現していましたね。休みの日にも友達と遊びに行くことがない。『このままじゃ恋人もできないんじゃないか』とあなたたち家族は心配していた。そしてあなたが弟さんの生活環境に口を出すようなことをして、それが兄弟げんかの原因にもなった。それから時間を置いて、久々に会った弟さんには、同居人が——もしくはそれに近いような存在ができていた。あなたがそう断じた理由は、弟さんの部屋に明らかな『変化』があったからだ。そうですね？」

「そうです。片付けもしたことがないような弟の部屋が、めちゃくちゃきれいになってましたから」

「それでは、ひとつ聞かせてください。弟さんの部屋の変化を見て、あなたがまず真っ先に考えた可能性は、『人間の同居人がいる』というものではなかったはずだ。違いますか？」

「それは——」

目を見開いた山南が、言葉を詰まらせる。わかりやすい反応だ。弟に訪れた変化の原因は、人間の同居人ができたことによるものではない。ここまでは、私自身も考えていたことだ。特に理由もなく、とか、ロボット掃除機を買った、とか、さまざまな理由が考えられるが、一番ありそうなのは——。

「弟さんが自分の部屋を掃除し、快適な生活環境を整えたのは、自分ではない誰かのため、同居するようになった『何か』のためだ。ここまで考えると、当然このように推測できるはずです。『弟のやつ、猫か犬でも飼い始めたんじゃないか？』と。犬や猫を飼うのが難しい物件であれば、小動物なのかもしれない。大事なペットのために、弟は一念発起して生活を見直す覚悟をしたのではないかと。話には出てこなかったが、あなたはひとことぐらい『猫か犬でも飼い始めたのか』と弟さんに聞いているはずです」

「……まさに、まさにって感じで、そうですよ」

下唇を指でひねりながら、山南が答える。声のトーンが少しだけ小さくなっていた。

「そうなんですよ、俺、ぴっかぴかになった弟の部屋を見て、『彼女でもできたのか』って聞いたあと、『猫でも拾ったのか？』って言ったんです。弟には『ペット不可のマンションだって知ってるだろ』って一蹴されましたけどね。犬や猫でもないし、かといってハムスターや鳥がいるわけでもないし。ペットじゃないならなんなんだ、っていうやりとりを、確かにしました。けど、けど、これを言うと――」

「そう。あなたは実にうまく、『くだらない謎』の問題をお作りになったんです。出題者に不利になる情報は隠し、ミスリードさせる情報だけを繋ぎあわせて、奇妙な文言だけが残るように話を組み立てたんだ。『誕生日がない』同居人という言葉に、解答者がうまく惑わされるように、ということですね。誕生日がない、という文言を聞いて、『戸籍のはっきりしていない人間』を思い浮かべるのは、不自然でしょう。万が一そのような人が謎の『答え』になるのだとしたら、これはくだらない謎で済まされるような問題ではない。では何か？　当然次に考えられるのは、犬や猫などの『人間ではない』存在です。しかし、これもおかしい。ペットショップで買ったのであれば誕生日もはっきりしているでしょうし、拾った犬や猫に関しても、飼い主が知らないだけで誕生日というものは存在しているのですからね。そうなると、考えられる可能性はひとつ。その同居人にとっては、卵ないし母親のお腹から出てきた日というものが存在していない。誕生日という概念が存在していないもの、というのが、奇妙な同居人の正体と言うことになるのでしょう。と、なれば――」

誕生日。

この世に生まれ出た日。

それが「ない」ということは、「そう定義できる日がない」存在であるということだ。当然、犬や猫などの生物は除外されることになる。山南はうまい出題者だった。問題の中でペットではない可能性に触れてしまえば、自然と解答者の意識は『じゃあ、生物じゃない何かなんじゃないか？』という選択肢に向いてしまう。生物ではないもの。いや生物ではあるが、この世に生まれ出るという定義が、動物のそれとは大きく違っているもの――。

「山南さん」

阿久井がまっすぐに言い放つ。

「その存在のことを、あなたはちゃんと問題の中で触れてくれていました。すっかりきれいになった弟さんの部屋にあった、大きな観葉植物。これこそが、弟さんの言う同居人、彼の生活を一変させた『誕生日のない』ものの答えではないですか？」

山南は、しばらく何も言わなかった。

視線をさまよわせ、脚を組みなおし、天井を見上げて長いため息をつく。ごつごつとした両手を頭の後ろで組む。そうして今度は急に、心底愉快そうな様子で、正面に座る阿久井に向かって身を乗り出してきた。

「阿久井さん、すごいっすね。大当たりですよ。俺、正直怒られても仕方ないって思ってたんです。ずるいじゃないか、『実は木でした』って言えばいいだけの話題を、こんなややこしい言い方に替えて、必要な情報は隠して――これ、ミステリだと『叙述でごまかすな』って怒られるやつでしょ」

「いえ、叙述トリックと考えれば、私はすごく好きだと思っ――」

つい言葉をかぶせてしまい、私はすぐに口をつぐむ。問題文の簡潔さ、隠すべき情報。山南の語り口は軽快だった。問題文としての出来を本人がどう思っているかはともかく、アンフェアとまでは言えないんじゃないかと思ったからだ。しかし、問題文の出来栄えを私がどうこうする権利などない。

「すみません、続けてください」

阿久井の視線に気圧《けお》されて、私は視線を下に逸らす。あの、空隙からこちらの心を見抜いてしまうかのような目は、ちょっと苦手だ。私の戸惑いとは裏腹に、阿久井は柔らかく優しい口調で、話を継いだ。

「櫻井さんも、ミステリが好きな方ですから。きっと僕と同じように『答え』にはたどり着いていたと思いますよ」

「マジですか。ここ、ミステリ好きな人ばっかり集まってるんすね。確かに櫻井さんも、なんか『探偵』って感じの賢そうな雰囲気出てますし」

阿久井のフォローと、心底感心しているかのような山南の言葉。私は言葉を返さず、微笑みだけで答えた。確かに『同居人は人間ではないはずだ』とは考えたが、植物であるとまでの断定はできていない。むしろ、ロボット掃除機であるという答えが一番ありそうだな、などと考えていたくらいだ。

「櫻井さんの言うように、よくできた問題だと僕も思っています。だからこそ、導き出した『答え』が合っていても、僕は山南さんに勝利を譲りたいと思っているんですよ。

僕のわがままに応えて、『くだらない謎』を考えてきてくれたことそのものに、まず感謝したい。もうひとつは——山南さん。あなたのその優しさに心を打たれた……と言うと、ちょっと格好をつけすぎているでしょうか」

「優しさ、すか？」

阿久井は頷く。背を丸めて身を乗り出し、低い声で続ける。

「あなたはがっかりしたのではないですか、山南さん。ようやく弟にも友人が、恋人が、とにかく大事にできる人ができたんだと思ったら、それが——鉢植えの植物だったなんて。弟は一生この調子なのだろうか。自分たちがどうこうできる問題じゃないし、こうなっては口を出す権利もない。ならば、もう見守るしかない。祈るしかない。あなたが週末遍路の旅に出ようとしたのは、弟さんの幸せを祈りたかったから——そんな動機があったのではないですか」

山南はふっ、と声を出して笑い、しきりに下唇をひねる。緊張したときや、照れ臭いときにしてしまう癖のようなものなのかもしれない。

「そんなにいいやつじゃないですよ、俺。でも、はい、そうです。勝手って言われても、放っておいてくれって言われても、弟のことが心配なんですよ。ひとりって、つらいじゃないですか。しんどいときに、どうしようもなくなるじゃないですか。良縁祈願なんて、巡礼の願掛けとしてはふさわしくないかもしれないんですけど、俺自身の修行？みたいなもののついでに、弟のこともお願いできたらなって思ったんです。ついでですよ、ついで。ついでに両親の健康とか、給料のこととか、俺自身の良縁とかもお願いしたいですし。本当に、ついでの、ついでなんです――」

「そのことですがね、山南さん。弟さんの状況に関しては、それほど悲観するべきものじゃない可能性もある、と僕は考えているんです」

「え？」

「確かに、弟さんが生活を一変させたのは、『同居』することになった植物を快適に生かすためであったのかもしれない。日当たりをよくして、埃が立たないようにして、空気をきれいにして。では、弟さんがそれほど大事にする植物を贈ったのは、いったい誰なのでしょう？　もしかしたら、その相手こそが真に、弟さんを変えた人物そのものであったのかもしれない。弟さんもその相手の存在を匂わせながら、『観葉植物と同居しはじめた』という冗談に持っていくことで、あなたをからかっていたのかもしれない。あなたの弟さんを愛する人が、本当に、いるのかもしれない――そうでなくとも、弟さんは立派に生きている。自分の生活を自分で見直し、学校にも通って、立派に生きている。あなたという兄にも愛されている。十分じゃないですか。あなたは――あなたのためだけにこの四国遍路の旅を続けても構わないと、僕は思っているんですけれどね」

山南は顔を伏せていた。長く、長く沈黙を保って、それから顔を上げた。ほんの少し日焼けした皮膚を、なお赤らめて。

「恥ずかしいな、って思うんすよ。弟が、弟がってかまいたがってるのは、俺ばっかりで。でも、そうですよね。向こうも立派な大人なんだし。もう『兄ちゃん、兄ちゃん』って言ってたときの、ちっちゃい子供じゃないんだし。俺が心配することじゃなかったっす。なんだか、俺――恥ずかしいですよね」

「いいえ」

きっぱりと告げられる言葉。阿久井の声が、さらに低くなる。

「恥じるべきことなど、人生のどの局面においてもないと、僕はそう思っています。前向きになろう、と上を向いていては、見えないこともある。うつむいたところに大事なものが見つかる場合だって、たくさんあるじゃないですか」

上を向いていては、見えないもの。

うつむいたときに見える。大事なもの。下を向く。見える。晴れ晴れとした気持ちになる――。

脳裏に、ひらめきが走った。

鼓動が速くなる。まさか、阿久井さん。あなたがこの謎解きに私を同席させていたのは。「散歩だ」と言って私を一番札所に連れて行ったのは、すべて――。

「……ですね」

山南が顔を上げる。その表情に、さっきまでの曇りはいっさい見られなかった。

「くよくよするの、俺っぽくないと思います！　おせっかいだって言われても、また大阪に行ったら弟のところへ邪魔しますよ。本当に人間の同居人がいたとして、あいつが自分から教えたくなるまで、待ってるつもりです。それよりも話、したいですから。この『かくれが』のこととか、札所からこの祖谷までめーっちゃ遠かったこととか、たくさん。店長さんの料理がバリうまかったこととかも、ちゃんと宣伝しておきます」

屈託なく語る山南に、阿久井も微笑みを返す。

私が「かくれが」に来てから幾度も目にした、陰りのない笑顔だった。

6

翌朝。

大きな荷物をその背に負い、腰には「同行二人」の文字が躍る山谷袋をさげ、山南は元気に「かくれが」を出発していった。ついでがあるから、という理由で、曽川が三番札所までの道のりを車で送ってくれることになったらしい。山南は何度も阿久井に、そしてなぜか私に礼を言いながら、ふたたびこの宿を訪れることを約束していた。最後に、「でも櫻井さん、本当に店長さんの奥さんじゃないんですか?」という言葉を残して。

ほの暗いロビーに立って外を見ていると、庭の緑がいっそう鮮やかに見える。曽川の車のエンジン音が遠ざかり、聞こえなくなってから、まず阿久井が口を開いた。

「さて、僕は山南さんのお部屋を片付けに行ってきます。今夜も予約が入っていますから。東京からお越しになる男性で、前日には祖谷の別の温泉宿に泊まっているそうですが」

私は前日に続いて、「かくれが」の同じ部屋で一夜を過ごした。曽川の言うように、使える客室はいくつかあるらしい。だが、今の私はあくまでも「かくれが」の客ではない。このままここに留《とど》まりたいのならば——。

「阿久井さん」

さりげなく去っていこうとする阿久井に、私は声をかける。

「タイムリミットは、山南さんがチェックアウトをしてから一時間後、でしたね。私、夕べずっと阿久井さんから出された問題の『答え』を考えてて。自分なりに、筋の通った解答を用意しました。聞いていただけますか？」

振り返る顔。眼鏡の奥の目が、私を鋭く見据える。

「ぎりぎりまでお待ちするつもりでしたが、さすがですね、櫻井さん。もしかしたら、かなり早い段階で謎を解かれていたのではないですか？」

「いいえ。正直に言うと、初めはぜんぜん見当もついてませんでした。でも――」

拳を握る。ひとつ足を踏み出し、私は一息に言う。

「阿久井さん、あなたはずっと、私にヒントをくれてたんですね。私がちゃんとした『答え』を導き出せるように」

逸らされる視線。何気ない調子で浮かべられる、かすかな笑み。知らないふりをしているが、阿久井は確実に動揺していた。もしかしたら、気づかれていないと思ったのかもしれない。変なところで、不器用な男だ。

「ある男性がふらりとオフィスを出て、散歩に出かけた。小雨がぱらついている。オフィスの一階に入るカフェは、通常通り営業していた。彼は自分の足元を見て、晴れ晴れとした気持ちになり、そのままオフィスへと戻っていった――問題。彼はなぜ『晴れ晴れとした気持ちになった』のであろうか？　というのが、阿久井さんが私に出した『謎』でした。私、まるで『ウミガメのスープ』みたいだって言いましたよね。隠されている情報が多くて、ひとつの解答にたどり着くのが難しいって。でも、阿久井さんのヒントのおかげで、いくつか道を絞ることができたんです。ひとつめは、『散歩の定義にもいろいろある』っていうこと。もうひとつは、『上を見るばかりでは、見つけられないものがある』っていうところです」

阿久井の眉が動いた。手ごたえがあった、らしい。

「男が散歩に出て、小雨がぱらついていた。足元を見た男は、晴れ晴れとした気持ちになった。なぜか？　雨で水たまりができて、そこにうつる景色がきれいだったから。そういう牧歌的な想像もできそうです。けれど、阿久井さんは重大なヒントとして、『男の通うオフィスビルの一階のカフェには、テラス席がある』って言いましたよね。テラス席があるカフェは、雨のときにどんな表情を見せるだろう？　真っ先に浮かぶのは、屋根です。ロールカーテンみたいに引き出せる、あの柔らかい素材の『屋根』ですね。では、男はその屋根の模様や雨の日のテラスの様子が好きで、それを見るために散歩に出かけたのだろうか？　これも、違うと思います。問題文の中には、『足元を見て、晴れ晴れとした気持ちになった』って言葉も出てきましたから。つまり、男はオフィスビルの一階にあるはずのカフェを見下ろす形で足元に視線を落としているのではないだろうか。散歩、と聞くと、オフィスビルの外に出て、カフェの前を通ったんじゃないかと想像してしまいますが、男は実際には――ビルの屋上に上っていた――阿久井さん」

相手の表情は変わらなかった。速くなる鼓動を抑えて、私は導き出した「答え」を告げる。

「その男の人は、屋上から飛び降りるつもりだったんじゃないですか？」

晴れ晴れとした気持ち、散歩、カフェ、テラス――明るく輝く言葉に秘められていた、黒く伸びる影。山南の問題が叙述トリックとしての性質をもったものであったとしたら、この阿久井の問題はまさに、叙述の悪魔とでもいうべきつくりをしていた。くだらない謎、という定義が、さらにその影を覆い隠してしまっていた――。

「きっとそれは、衝動的なものだったんでしょう。激務に追われている人が、ふらりと屋上に出ていく。雨が降る屋上を横切りながら、彼はこう考える。『ここから飛び降りたら、もう働かなくて済むかな』って。そして下を見て、鮮やかな色のカフェの屋根を見て、彼はこう考えるんです――今飛び降りても、死にきれないかもしれないぞって。屋根がクッションになるかもしれない。ひどいけがで済むかもしれない。それ以上に、ここから飛び降りるなんて迷惑じゃないか？　急に、自分の衝動が『くだらないもの』に思えて、彼は晴れ晴れとした気持ちになった。本当に、本当に、この問題に欠点があるとしたら……この部分です。晴れ晴れとした気持ち、という表現は適切ではない、と阿久井さんもおっしゃいましたよね。私が出した答えが阿久井さんの用意していたものと同じであったのだとしたら――ここだけは、違うと思うんです。晴れ晴れ、というよりは、さらに苦しみが深くなっただけかもしれないですから」

阿久井は顔を上げ、今度は私をまっすぐに見据える。それからすぐに頭を垂れ、息に声を乗せるように言い放った。

「一言一句、櫻井さんの言う通りですよ。問題に対して僕が用意していた答えも、『晴れ晴れとした気持ちになる』という表現のあいまいさ、いや、不適切さも。少し、ずるかったですね。ミスリードに意識を向けすぎたのかもしれない。でも、櫻井さんはさすがでした。これだけの情報で想定していた答えにたどり着けるとは、考えてもいませんでしたから」

嘘だ。阿久井はきっと、私が「それなりの答え」にたどり着くことを知っていた。そうなるように、懸命に助け舟を出してくれていた。であればきっと、阿久井のほうの答えも初めから決まっていたのだろう。

「あなたの勝ちです、櫻井さん。ここに滞在してください。二十九泊でも千泊でも、あなたがここを旅立ってもいいと思うまで、ずっと」

「本当に、いいんですか？」

私は笑う。冗談を言おうと思えるほどに、心が軽くなっていた。

「そんなこと言ったら、本当に千連泊とかしちゃいますよ」

また笑みを浮かべた阿久井の顔を見て、私は不思議な気持ちになっていた。阿久井蓮は——奇妙な人物だ。苛烈なものをひた隠しにしているようでありながら、大きな隙があって。自分の楽しみのために謎を解いているような、そうではないような。彼の過去も目的も、今はまだわからない。けれど、それでいいと思っている。私だって彼に過去のことは話さない。話す必要もない。私はただこの「かくれが」の客で、今は何に縛られるものもない浮草のような存在だ。ちゃんとした理由や確固とした動機もなく、ただここにいたいから、いる。合理的な行動、すべて論理で説明のつくアクションなど、現実の世界にはいらないのかもしれない——。

「そうなると、櫻井さんに宿の『業務』をお手伝いしていただくのもいいかもしれませんね。もちろん、しかるべき対価はお支払いしますが——ん？」

「どうしたんですか？」

「失礼。今日のお客さまが、荷物を預けにいらっしゃったみたいです」

足早に動き出した阿久井が、私の傍らをすり抜けていく。キャリーケースを転がす音、砂を踏みしめる軽い響き。視線を巡らせ、私は宿の玄関にやってきた「客」の姿を正面から捉えた。
　時が、止まる。
　硬直した流れが、すぐに動き出す。目の前にあるのに、遠く離れているかのような光景。鈍くなる周囲の音。宿に現れた客は、私の姿に気づいて驚愕の表情を浮かべた。その目に嫌悪の色が宿る。唇が、いらだたしげに歪む。阿久井は薄く口を開いて、私と対峙する客の姿をゆっくりと、ゆっくりと見比べていた——。

（あんたが、担当じゃなかったらよかったのに）

　蘇る声。幾度となく繰り返した声。

「かくれが」にやって来た客、芦原十季《あしはらじゅうき》は、私の元担当作家だった。
　私がすべてを台無しにした、若きミステリ作家のひとりだった。

☑三件目——その席に座るな

1

しばらくは、誰も口を開かなかった。私も、芦原十季も、私たち二人を視界に収める位置に立っている阿久井も。

およそ二年半ぶりに顔を合わせた芦原は、私が知る過去の彼よりもっと華奢《きゃしゃ》になって、もっと追いつめられたような表情になって、そしてもっと、もっと苛烈な顔つきになっているように見えた。ミステリの新人賞を取ってデビューしたのが、二十五歳。デビュー五年になるはずだから、今は三十歳になったのか。私よりも二歳だけ年上の、「本格ミステリ界の超新星」。

初めての顔合わせで、芦原に言われた言葉が蘇る。「櫻井さんは、お若いのにすごく優秀な人だ」。お若いと言っても、芦原さん、私とほとんど年変わらないじゃないですか。いえいえ、社会人二年目でミステリ系レーベル編集部の第一線で活躍していらっしゃる櫻井さんのほうが、すごいですよ。お互い頑張りましょう。そうですね、芦原さんの二作目、世間をあっと驚かせるものにしてみせましょう——。

「なんで」

先に口を開いたのは、芦原だった。

「なんであんたがここにいるんだよ、櫻井さん」

それは私の台詞だ、と言いたくなった。都内の大型書店で偶然顔を合わせたのとはわけが違う。

「二日くらい前に徳島に来たんです。ええと——友人のお店に泊まりながら、その、お手伝いもしようかと」

どう説明すべきか迷って、私は曖昧なことを言ってしまった。阿久井は一瞬何かを考えるような顔をしたあと、「承知した」と言わんばかりに深く頷いた。

「櫻井さんは僕の友人です。宿の大事な仕事をお手伝いしてくれていましてね。『かくれが』の客室で寝泊まりしていただいていますが、正式なお客さまというわけではありませんので、そのあたりはご了承ください」

「ふうん、櫻井さんの友人？　あんたが？」

芦原は警戒を帯びた表情を隠そうともせず、阿久井をじっと見つめる。変わっていない。くせのある髪を目のラインぎりぎりまで伸ばしているところも、不遜でぞんざいに聞こえる口調も。芦原はいつもこうだ。私たち編集に会うときも、同じ時期にデビューした作家仲間と語り合うときも、伝説級のミステリ作家に挨拶するときも、同じ口調、同じ態度で接する。SNSでもこの調子なので、やっかいな形で炎上しないといいけど――と編集がらみの人間によく言われていたものだが。

「まあいいや、どうでもいい。食事のときなんかに顔を合わせたりはしないんだろ？」

「はい、お食事は今日お泊まりになる芦原様にだけ、食堂でご用意いたしますので」

「それならいいよ。かかわりがないんなら、いてもいなくても一緒だからな」いてもいなくても一緒――胸に苦いものが広がる。芦原は頑なに私のほうを見ようとせず、大きなキャリーケースを持ち上げながら言った。

「で、荷物はどこに置いとけばいいの」

「こちらでお預かりします。お部屋までお運びしておきますので」

「いいよ。触らせたくないし。チェックインの時間じゃないから部屋には入れないんだろ？　部屋の前の廊下にでも置いておくから」

「でしたら、お部屋の前までご案内を――」

「だからついてこなくていいってば。どこ？」

阿久井は口をつぐみ、丁寧に礼をするような動作で頷いた。手で廊下の先を指し示す。

「あちらの突き当たりに。黒い引き戸のお部屋でございます」

芦原は「はいはい」とあいまいに返事をしたあと、自分の体重よりも重そうな荷物を持って歩き出した。廊下の突き当たり、と言っても、ほんの十数メートル先だ。荷物を下ろし、芦原はその場でスマートフォンをいじり始める。何かを調べている様子ではない——見える位置にいる私たち、いや、私がこの場から去るのを待っているのだ。偶然にもこの場に居合わせた「私」という厄介者が、視界から消えるのを。

「阿久井さん、あの」

できるだけ冷静に話そうとして、かえって声が上ずってしまう。私はぎこちなく笑みを浮かべた。眼鏡の奥の阿久井の瞳が、心配そうに揺れ動く。その濁りのない気づかいが、胸のうちの弱い部分に染み入った心地がして、軽い痛みを覚えた。

「私、ちょっと散歩してきますね。かずら橋から見える河原……下りてみたいなと思って、まだ行けてなかったから」

「櫻井さん」

制止の言葉を待たず、私は歩き始める。財布にスマートフォン。最低限の持ち物は、上着のポケットに入れたままだ。

「夕ご飯までには帰ります！」

遊びに出かける子供のような言葉を残して、私は宿を飛び出す。

速くなる鼓動が、耳の奥で鈍く響き続けていた。

2

かずら橋の出口側から上流に向かって少し坂を上がり、でこまわしや祖谷そばを売る店を左手に眺める。店のわきから階段状の通路を下っていけば、橋の下に見えていた河原に出られるのだ。

祖谷川の水はどこまでも透明で、河原の石はまぶしいほどに白い。秋の気配がはっきりと感じられる、涼やかな風。裸足で水に浸かる観光客たちが、冷たい、冷たいと賑やかな声を上げている。

水際から一メートルほど離れた場所で立ち止まり、腰を下ろしてみる。ごつごつとした河原の石が尻に食い込む。

石の感触、視界いっぱいの緑。滔々《とうとう》と流れる川。川魚の串焼きを片手に、談笑しながら歩いていく人々がいる。頭上のかずら橋から聞こえてくる悲鳴。自然って、本当に不思議だ。小さい頃から家にこもることが好きで、外遊びもろくにせずに育ってきたというのに――包み込むような緑の風の涼やかさに、心を癒されている自分がいる。

石をひとつ取り、川に向かって投げてみる。平たい石は二回だけ水面を跳ねて、音もなく川の底に沈んでしまった。また平たい石を手に取り、投げる。三度跳ねる。いつどこで覚えたのかも定かではない遊び。三個目の石を拾い上げたところで、すぐ近くからとぷん、というか、ちゃぷん、と響く音が聞こえてきた。首を巡らせる。大きめの石を持ち、ピッチャーのようなフォームで右手を振り上げている阿久井の姿が目に入って、私は思わず声を上げる。

「阿久井さん、なんで——ここにいるんですか⁉」

私の叫びに、石が水を撥ね上げる音が重なる。阿久井がやっているのは……石投げ遊び、だろうか。できるだけ重い石を遠くに投げて、深いところに沈むのを楽しむ遊び、か？

「だめだ、跳ねないな」

波打つ水面を眺めて、阿久井が首をかしげる。どうやら阿久井は石の水切り遊びをやっているつもりだったらしい。こちらに歩み寄って来ながらも、阿久井は心底不思議そうな顔をして川と河原の石を交互に見比べていた。やっぱり、妙なところで不器用な男だ。

「阿久井さん、なんで——ここにいるんですか」

先程とまったく同じ言葉を発して、私は近寄ってくる阿久井を見上げた。相手は形のいい眉毛を少し下げて、静かな声で言う。

「このあたりはまだ浅いとはいえ、自然の川ですからね。万が一のことがあってはと思って、様子を見に来ました」

私がうかれて川に飛び込んで、溺れるとでも思っていたのだろうか。まさか、と微笑んでから、私はすぐに表情を引き締める。阿久井はただの冗談で、こういうことを言っているのではない。穏やかでふわふわとしているように見えるこの男の内側には、きっと——黒い影の奥を見据えているような、そんな視線が潜んでいるに違いない。最悪の事態。不慮の事故。かつての阿久井がたくさん見てきた、悲しくも恐ろしい出来事の数々。

阿久井はきっと、常にそういった「見逃せない」予兆に目を光らせている。今回の私に関しては杞憂《きゆう》であるのだが、それは私から見た視点だからこそ言えることだろう。詫びを込めて頭を下げ、私は努めて軽い口調で答える。

「そうですね、阿久井さんが見に来てくれないと、人知れず下流まで流されてたかもしれないです。私、泳ぎは苦手ですから」

阿久井は少し目を見開き、「意外だ」と言いたげな表情をした。彼には、私がもう少し活発で溌溂とした女性であるかのように見えていたのかもしれない。

「幼児用のプールでも溺れるんじゃないかってくらい、水には弱くて。『櫻井の川流れ』っていうことわざがあったとしたら、そりゃ『想定内のトラブル』って意味になるだろうなって、上司にからかわれたこともあります。今思うと、ひどいこと言われたなって感じですけど」

所属していた雑誌の編集部には、歯に衣を着せぬ――と言えば聞こえはいいが、場合によってはハラスメントになりかねない言動をする人もいた。さっきの言葉は当時の編集長に言われたものだ。

阿久井は私の隣で足を止め、しばらく川を眺めていた。浅瀬ではしゃぐ親子連れの姿を見やりながら、さりげなく……だが、重い気づかいを隠しきれていない口調で、尋ねてくる。

「『理由』を聞いてもいいですか？　櫻井さんが、会社を辞められたわけを」

私は視線を落とした。すべてを捨てて、縁のない土地へと逃げてきた人間。理由のひとつも聞きたくなるのが当然というものだろう。だが、阿久井はこれまで、決してその話題を口にしようとはしなかった。隠れ家に到着した日。初対面の彼がまず私に告げた言葉は、「何か、軽い食事にしませんか」というものだった。

今、彼は私の返事を待っている。このまま私が何も言わなければ、関係のないことを話し始めるのではないかというほど、さりげない態度で。

「理由、ないんです」

私は短く答えた。嘘偽りのない、心の底からの返答だった。

「本当に、これっていう理由がなくて……小さいストレスが積み重なったとか、そういう感じですらないんです。仕事そのものも好きでしたし。でも、ある日ふと思ったんですよ。そうだ、会社を辞めて、一旦東京からも出て、二か月くらい知らない土地で生活してみようかって。周りの人には反対されましたけどね。でも、なんでそんなことを急に思い立ったのか、自分でもよくわからないんです。こんなに衝動的に物事を決めたのって、初めてだったから」

思い切りが悪いタイプの人間であることは、自分自身がよく知っている。寧々子は優柔不断だな、と親にもよく言われて育ってきた。

そんな自分がさっくりと仕事をやめて、マンションも引き払って、知らない土地へやってくることになるだなんて——少し前の私では想像すらつかなかったことだ。だから、「理由」を聞かれても「これと言って思い当たらない」としか言いようがない。それでも阿久井に対して不誠実なことをしている気がして、私はそっと相手の顔を確かめる。眼鏡の向こうで、阿久井の鋭い視線がさまよっていた。

「理由は『ない』――そう、ですか」

ひときわ高い歓声が上がった。先程の親子連れが、水をかけ合うふりをして遊んでいる。

「そういうことでしたら、安心しました」

「え？」

意外な言葉、にわかに柔らかくなった口調に、私は思わず声を上げる。傍らに立つ阿久井を見つめるが、相手はただ軽く微笑むだけ。阿久井はくるりと体の向きを変え、歩きはじめる。私も思わずそのあとを追った。

「阿久井さん、『安心した』って……」

「理由がなければ、僕がなんとかする余地も残っている、ということですから」

背を向けたままの相手から、返ってくる言葉。阿久井の表情は見えない。口調からは感情も読み取れなかった。理由がなければ、僕がなんとかする余地も残っている。それは、つまり……阿久井が私のことをどうにかしたい、「助けたい」と考えている、という意味に捉えてもいいのだろうか。阿久井は私のことを、手を差し伸べるべき人間だと思ってくれているのか？

でも、どうして？

私は「かくれが」にやって来た客にすぎない。ちょっと無理を言って泊まらせてもらっているだけの、ゲストにすぎない。仕事をやめて見知らぬ土地にやってきた私のことや、私が抱える途方に暮れたような寂しさのことを、阿久井はあわれだと思っているのだろうか。それも少し違う気がする。何かが、ある。

この人はきっと、その優しさのベールの奥に、何かを閉じ込めてしまっている。

「阿久井さん」

呼びかけようとした名前は、ちゃんとした声にならなかった。阿久井の背中が、聞くことを拒んでいるかのように見えたからだ。今は何を聞いても、核心に触れるような答えは返ってこないだろう。

阿久井が振り返る。その穏やかな微笑みに気圧され、私は今聞こうとした言葉のすべてを、奥に閉じ込めてしまう。

阿久井はちらりと腕時計を見て、テンポのいい口調で言った。

「おや、もう十時を過ぎてるのか。櫻井さん、急いで宿に戻りましょう。十時三十分には帰ります、と芦原さまにはお伝えしているので」

あっさりと話題を変えられて、私は肩の力を抜く。阿久井の横に並び、今度は素直に疑問に思ったことを聞いた。

「芦原さん、今宿にひとりでいらっしゃるんですか？」

「ええ。曽川さんのお母様にフロントを任せてはいますけどね。芦原さまには、僕らが戻るまでお待ちいただくようにお願いしています」

阿久井が足を止める。私のほうを振り返った彼は、抑揚のない声で言い放った。

「櫻井さんをお連れします、と約束して来ましてね。行きましょう。芦原さんが用意された『くだらない謎』を、櫻井さんにも聞いていただきたいんです」

胸の奥で、くしゃっと音がしたかのようだった。

裸足のままの子供たちとその両親が、笑い声を上げながら私たちの横を走り抜けていった。

3

「で？」

鈍い日の光が差し込む、「かくれが」の食堂。大テーブルの長辺の片側にひとりで座る芦原は、俺は機嫌を損ねています、とでも言いだしかねない表情をしていた。手元には空になった湯呑と白磁の急須がある。阿久井が阿波晩茶を供していたらしい。

「月並みな言葉で質問してもいいかな。なんで、櫻井さんにまで俺の話を聞かせなきゃいけないわけ？」

私にもよくわかりません。そもそも、どうしてここに滞在することになったかも、自分でもよくわかっていないのですから。湧き上がる言葉を飲み込み、私は静かに頷く。

今しがた思いついたことを口にしてみた。

「業務――の一環なんだと思います」

「業務？」

「はい。フロント業務とか、清掃業務とか、ホテル経営の中の仕事としての『謎解き業務』とでも言えばいいでしょうか。この『かくれが』って、お客さんが『世界一くだらない謎』を用意してこないと宿泊できない宿じゃないですか。謎解きは、従業員にとっての大切な業務のひとつなんです」

「従業員？　謎解き⁇」

疑問符がどんどん増えていく相手の言葉を聞きながら、私は厨房に消えていった阿久井が早く戻ってくるように祈り続けていた。芦原は今の説明で納得してくれただろうか？　阿久井は私のことを「友人」と紹介し、「宿の大事な仕事を手伝ってもらっている」と芦原に告げた。「かくれが」における何よりも大事な仕事と言えば、客との謎解き合戦だ。であれば、私がその業務を手伝っている、と言えば筋が通ると思ったのだが――。

「なんだ、じゃあ櫻井さんも推理に参加するってわけかい。店長さんがひとりで謎を解くものだと思っていたけどね」

白けた目つきに、明らかな失望の混じった口調。いや、そうではない……と言いかけて、だったら私の役割は何なんだ？　と、自問してしまう。

今度はどう答えるべきなのか。言葉に窮していると、厨房の奥から音もなく、まるで人肉のステーキを運んでくるかのような恭しい態度で、阿久井が姿を現した。片手に乗せた木の盆には、なにやら奇妙な形をしたものが載っている。

「どうも、お待たせいたしました。何やら、盛り上がっていらっしゃったようですが」

「何だこれ」

「何ですか、これ」

阿久井の言葉には答えず、私と芦原は同時に似たようなことを口にしてしまう。チョコレートでコーティングされた、雪だるま形のケーキ。小さな頭には、耳を模したものらしいアーモンドと生クリームの目がちょこんと飾られている。

「徳島の名店、『ハレルヤ』のたぬきケーキです。食べるのがちょっとかわいそうな見た目をしていますが、おいしいですよ」

思わず芦原と目を合わせた。徳島で狸といえば、阿波の狸伝説だ。狸をテーマにした祭りが開かれるほど、徳島の人にとってはなじみの深い動物で——などとぼんやりした知識を引っ張り出そうとしたところで、芦原が先に口を開く。

「津田の六右衛門《ろくえもん》と金長、狸合戦の話か。確か金長まんじゅうなんて菓子もあるんだっけな」

さらっと出てきた言葉に、私は目を丸くする。芦原はプロットを立てるときに、綿密な下調べをするタイプの作家だ。滞在する土地にまつわる民間伝承なども、一通り調べてきているのかもしれない。

「ええ、同じハレルヤさんのお菓子ですね。チョコレートとゴールドがありますが、僕はゴールド派です」

「知らねえよ——ていうか空港で見かけただけだし、そこまで詳しくねえよ」

呆れ気味の芦原の言葉には答えず、阿久井は自分の前に置いたたぬきのケーキの顔をフォークで崩しはじめる。「できるだけ痛みを与えないように……」とでも言いたげな手つきだが、かえって残酷に見えるのはなぜなのか。

芦原はそんな阿久井を見て、その隣に座る私を鋭い視線で見て、小さくため息をつく。たぬきの頭を真っぷたつに割りながら、倦怠感をにじませた口調で言った。

「で、これ食いながら話してもいいのかね、俺が用意してきた謎ってやつをさ。早めに済ませて観光に行きたいんですけどねえ」

「ええ、もちろんこのままお話ししてくださって構いませんよ。ですが、芦原さん。ひとつだけよろしいですか」

「何」

「先程の櫻井さんとのお話に関してですが——櫻井さんご自身は、謎に関するいっさいの推理に関わられることはありません。芦原さんが出された謎は、誰からの手を借りることもなく、僕がひとりで解くことをお約束します」

「へえ？　じゃあ櫻井さんは何をするの」

芦原の言葉に、また鼓動が強く打った。「じゃあ、編集者としてのあんたは何をしてくれるんだ？　ただ原稿を読んで、本にして、それだけじゃないか」。かつて彼に言われた言葉が、まざまざとよみがえる。傷ではない、痛みではないと思っていた記憶から、黒い血がじわりとにじんでくる心地がする。

「櫻井さんはお客さんからの謎を僕と共に聞いて、僕の推理を聞いて、それから……それだけ、です。それだけのことが、僕にとっては非常に重要なことですから」

阿久井の口から出た意外な言葉に、私は思わず顔を上げた。視線を合わせた阿久井は軽く微笑み、ケーキに手をつけるよう目線で促してくる。

阿久井と共に謎を聞く。彼の推理を聞く。それが、阿久井にとっては非常に重要なことである。反駁しても、言葉の真意がわからない。これでは、私は、まるで——。

「要するに、ヒントも与えず記録もしないワトソン……いや、助手みたいなものかい」

芦原が、まさに私が考えていた通りのことを言った。その口元に、皮肉っぽい笑みが浮かぶ。

「そんな役割の『キャラクター』、小説だと扱いづらいし面白くもなさそうだけどな」

「いいえ。櫻井さんは欠かすことのできない登場人物ですよ。この『かくれが』にまつわる話を、小説の中のエピソードに例えるならば、ですが」

芦原が、ふっと息を漏らして笑う。重要。欠かすことができない。芦原以上に、私のほうが阿久井の言葉に混乱している。

「惚気《のろけ》なのか何なのか知らないけど、そろそろ話していいかな、俺が用意してきた『謎』。そんなに長くないからさ」

「そうですね。お伺いしましょう」

芦原の言葉に、阿久井が姿勢を正す。たぬきのケーキはもうチョコレートの皮を剝かれた中身だけになっていた。

「じゃあ、話そうか――俺が日常の中で出会った、世界一くだらない謎ってやつをね。もちろん、俺は謎の答え、というか、ことの真相を知っている。あんたがこの答えを当てられなければ、宿泊料が半額になるんだろ？」

「はい。このゲームは、『かくれが』に来られたお客さま全員に参加していただいているものです。最も、ここを経営して三年近くになりますが、今まで宿泊料を全額払って帰ったお客さまはいらっしゃいませんがね」

芦原がまた声を上げて笑った。内面の自信を息に溶かしたような笑いだった。

「それってつまり、あんたが謎を完璧に解いたことはないってことなんだろ、探偵さん？」

「はい。僕は探偵としては、半人前どころか八分の一人前くらいですから」

「だったら、俺とのゲームが第一号の勝ち試合になるかもな――ごく簡単な謎だよ。むかしむかし――いや、現在の東京でのお話です。とある私鉄沿線の駅の近くに、しがないミステリ作家が住んでいました。作家は名前を芦原十季と言い、たいして評価されない小説を書いては、SNSで愚痴を書き散らす日々を送っていました――」

芦原がこちらに視線を向けた気がして、私は顔を伏せる。手をつけていないたぬきのケーキが、つぶらな目でこちらを見つめていた。

「芦原はデビュー一年目でそれまで勤めていた会社を辞め、都内でひとり暮らしを始めました。何の変哲も名物もない街の家具家電付きのマンションへ、ただパソコン一台を持って引っ越してきたのです。窓から見えるものは隣のビル、それも壊れかけの廃墟の壁だけ。それでも芦原はそんな自分の『巣』とでもいうべき部屋を気に入って、日がな一日執筆に費やす毎日を送っていたのです。取材や資料集め、どうしても顔を合わせなければいけない打ち合わせを除いてはほとんど外出もせず、人とも会わない。唯一の楽しみは、歩いてすぐの場所にある喫茶店でぼうっと紅茶を飲むことだけ。人から見ればずいぶんと寂しい生活でしょうが、元より人目というものを極端に嫌う芦原には、そんな孤独こそが至上の幸せだったのです」

はっ、と吐息混じりに笑いを漏らして、芦原は片頬を上げる。孤独で、人と交われない、偏屈な「嫌われ者」。芦原はそうやって自らのことを貶《おとし》めるような発言をよくしていたが、私はそういった芦原の性格に悪い印象を抱いたことはなかった。芦原は魚のようにしなやかで、独創的な美しさを帯びた人だ。それは作家として最大の武器にだってなり得るだろう。地上で楽に息ができるような人間は、あれほど鮮烈で胸を打つ文など書けやしない。

芦原は律義にフォークを動かしながら、さらに言葉を続ける。伏せられた視線は、どこか遠い場所を見ているようにも思えた。

「平凡な街は再開発の名のもとに少しずつ、少しずつ変わっていきましたが、芦原の生活は一年経っても、二年経っても変わることはありませんでした。いい意味でも悪い意味でも、です。二作目、三作目と作品を発表するが、その名前が賞の候補に挙がることはない。一作目を下回る評価を受けることもなければ、驚くほどの成長を見せることもない。当然、自分のことを『一番好きな作家だ』と言ってくれるファンがつくわけでもない。絶賛もなければ酷評もない。ちょっと目立つところと言えば、ＳＮＳでの不用意な発言がたまに炎上するくらい、というものです。それも、トレンドに挙がって議論白熱、というほどの炎上でもありませんからね。誰に読まれているかもわからない小説を、都会の穴倉のような部屋で黙々と書き続けている男。それでも細々と作品を世に出し続けてはいたのですが――ある日、突然。書けなくなったんですよ。さっぱり書けなくなったとか、アイデアが出なくなったというよりは、筆の進みが遅くなったと言うべきでしょうかね。パソコンの前に座るものの、一時間経っても二時間経ってもキーが打てない。当然、書けなければ原稿は進まないわけです。焦りと不安と苛立ちで、芦原は次第に自暴自棄になっていきました。セルフネグレクトというやつですかね。食事は一日二食、口に入れればいいという程度に済ませる。ほとんど外にも出ない。作品を世に出す間隔が次第に空き始め、それがさらに焦りを募らせていく――」

芦原の声が濁っていく。瞳から光が失われ、その双眸がますます黒く沈んでいく。

視線を懸命に相手へ固定したままで、私は思案を巡らせていた。芦原が私と縁を切ってから、二年半。そのあとの彼の仕事の状況はどうであっただろうか。小説雑誌に短編を書き下ろしたり、デビュー作の文庫化の作業をしたりしていたことは、SNSを通じて知っている。書き下ろしの文庫も近々出ると聞いていたから、仕事がなくなっているようには思えなかったのだが――。

少しの間があって、芦原が軽い咳ばらいをした。阿久井も手を止めて彼の話の続きを待っている。

「……芦原十季という男には、友人もこれといって親しい人間もいませんからね。外に出る用事と言えば、日々のちょっとした買い物や散歩程度のものしかないわけです。狭いマンションの一室で鬱々としながら、丸三日ほど外に出ないということもざらにありました。そんな彼の唯一の気晴らしと言えば、近所の喫茶店で一服すること――だったはずなのに、それすら億劫でなかなか足を運ばない。それでも、ちょっとはこの暗澹《あんたん》たる状況を打破してやろうかと考えた芦原は、やっとのことで服を着替え、身なりを整え、その喫茶店へ向かうために家の外へと出ました。書けなくなってから、ひと月ほどが経過したときのことです」

「少し、よろしいですか」

芦原の言葉が途切れたタイミングで、阿久井が言う。芦原は「どうぞ」とぞんざいに、目線だけで返事をした。

「無粋なことかもしれませんが、このお話はあなた――芦原さんご本人が経験なさったものであると考えてもよろしいでしょうか。それならば、ひとつ教えていただきたいのです。この『書けなくなった時期』『それから一か月後』という出来事は、つい最近起こったものなのでしょうか？　つまり、今芦原さんがお話しされている内容は、少し前に実際に起こった出来事であると？」

芦原は片頬だけで笑い、椅子の背に身を預けた。

「そうだよ。三人称視点で語ったほうがわかりやすいかな、と思っただけでね。俺が『書けなくなった』のが今から二か月くらい前。やっと表に出たのが、その一か月後の話。つまり今話している内容は、今から一か月くらい前に実際に起こったってことになるかな。これでいいかい」

「十分です。続きを」

阿久井の言葉を聞いた芦原が、私にちらりと視線をよこしてきた。共感を求めたというよりは、私とその友人である阿久井を同時に警戒、いや、侮蔑しているような――冷たい視線だった。

「ま、十分って言うなら、これ以上時系列の話は特にしないけどね――さて、久々に外へと出た芦原は、まるで海の底から帰ってきた浦島太郎のような気持ちであたりを眺めていました。つい最近できたと思っていたハンバーガーショップは空き店舗になっているし、その横の総菜屋さんは唐揚げを売る店になっているし。都会の街の中というものは、とにかく新陳代謝というか、転生が早すぎて感傷に浸る暇もないな――と考えながら、ビルが解体されたばかりの空き地の横を歩き、なじみの喫茶店にたどり着きます。ガラスの曇った野暮ったい扉を開けて中に入ると、薄暗い店内にはおひとり様の客ばかりが五人ほど、みんな背もたれに身を預けてブレンドコーヒーを黙々と口にしていました。芦原はまっすぐにカウンター席へ向かい、髭の店主に挨拶します。『久しぶりだね』『お久しぶりです』『いつもの紅茶で』『はい』。一か月ぶりに顔を出した常連客に対して、店主は余計なことを聞いてこようとはしませんでした。そうだ――この距離感、無関心な態度がいいのだ。芦原はほっとした気持ちになって、腰をおろしたスツールをわずかに回転させ、店の中を見回します。窓際の五番テーブルにふと目をやったところで、奇妙なものが目に入りました。

（あれは？）

四人掛けのテーブル席、そのすぐそばの窓からは空き地になった土地が見えています。狭い店内で唯一外が……と言っても、廃墟になったビルの解体前には建物の外壁が見えるだけでしたが……とにかく外が眺められる席なので、いつも客が座っているというイメージでしたが、今日は誰もいません。それもそのはず、テーブルの上には「使用禁止」の札が置かれているのです。

『あれ、どうしたんだい』

芦原は目線で五番テーブルを指し示し、店主に尋ねました。見たところ、テーブルが壊れているような様子はなく、天井から雨漏りがしているといった感じでもありません。ならば、あの「使用禁止」の札にはいったいどんな意味が込められているのか。店主は小さな皿にビスケットを載せながら、こう答えたのです。

『脅迫状が届きましてね。あの五番テーブルを、ぜったいに使わせるなと。誰が何の目的で送ってきたものやらわからないのですが、薄気味が悪いので、ああして使用中止にしているんですよ』

なんと、店主はどこの誰が送って来たかもわからない脅迫状に怯え、あのテーブルを使用不可にしているというのです。ただのいやがらせにせよ、警察に相談したらどうか

——と言おうとして、芦原はあることを悟りました。そして黙って紅茶が出されるのを待ち、めったに頼まない軽食も追加で注文して……食事と会計を済ませ、店を出て行ったのです。

それでは、ここで問題。

この店主は、いったいいつまでこの脅迫に怯えなければならないのでしょうか？」

語り終えた芦原が、にやりと笑みを浮かべる。

三人称視点で語られたエピソードを頭の中で整理しながら、私は首をひねった。脅迫状を送ってきた相手は誰か、という問いかけではなく、店主が「いつまで」この脅迫に怯えなければいけないのか、とは？　問題を出した芦原本人は、当然この答えを知っている。語られたエピソードだけではなく、この問いかけそのものにもヒントがありそうだが。

ちらりと横を確かめる。阿久井は相変わらず難しそうな顔をして、片手を顎に当てていた。

「どうだい。答えを導き出すのに必要な情報は、ぜんぶ教えたつもりだけどね」

芦原はそう言い放ち、椅子の背にもたれかかった。唸り声を上げた阿久井が答える。

「なるほど。これは非常に——難しい問題ですね」

あざけりを込めた、芦原の笑い声。私は膝の上で手を握りしめながら、冷たい汗をかいている。今、芦原が語った話は……私にとっても無関係な出来事ではない。書けなくなった原因、そのひとつに私との軋轢《あつれき》、ひいては私が勤めていた版元とのすれ違いがあるのならば。

「芦原さん」

絞り出すように呼びかけるが、芦原は私のほうをちらりと見て、すぐに目を逸らしてしまった。お前は俺に話しかけるな、という空気がぴりぴりと感じられる。

「難しいって言うんなら、いくらでもヒントを出すよ？　まあ、今話した範囲でそれらしい答えが出せないようなら、どんなヒントを出したって無駄って気もするけどな」

手元に置いていたスマートフォンを操作しながら、芦原がさらりと言う。何やら、外を気にしているようだ。

「そうかもしれませんね。芦原さんのお話には、過不足なく情報が含まれていたように思います。ヒントを出していただいたところで、僕が出せる答えに変わりはないでしょう――――ということで、ご相談なのですが」

「何」

「ヒントはいりません。代わりに、こうお約束してほしいのです。芦原さんが『かくれが』に滞在されている間、僕と櫻井さんに向かって『余計なお世話だ』という一言は、絶対に言わないと」

「はあ？　どういう意味だよ、その——」

「どういう意味も何も、申し上げた通りです。『余計なお世話だ』という一言を言わないでほしい。それだけのことですが、お受け願えませんか？」

わずかに強くなった阿久井の語気にひるんでか、芦原が視線をさまよわせる。私を見て、阿久井の顔を見て、すぐに逸らして、今度は窓の外の景色と、手に握ったスマートフォンの画面を順番に見て。肩で大きくため息をついてから、芦原はようやく答えた。

「わかった、わかった。その一言さえ言わなきゃいいんだろ……ってことで、いい加減に解放してくれやしませんかね。タクシーがもう宿の前に来てるみたいなんだ。待たせると、俺が文句を言われるだろ」

「タクシー、ですか。どちらまで？」

「余計なお世話……ええい、面倒くさい。小便小僧を見に行くんだよ、こっからだと歩いていける距離じゃないんだろ！　じゃあ！」

そう言って立ち上がり、芦原は乱暴な足取りで食堂を出て行ってしまう。いつの間に手をつけていたのか、たぬきのケーキが載っていた皿はきれいに空になっていた。

「阿久井さん、小便小僧って――」

私は椅子から腰を浮かせ、阿久井に尋ねる。阿久井は慣れた手つきで皿を重ねながら、滑らかな口調で答えた。

「祖谷渓の小便小僧、のことでしょうね。芦原さんの言う通り、ここから歩いていくには少々骨が折れる距離ではありますが」

祖谷渓の小便小僧。断崖絶壁に立つ小僧の像は、撮影スポットとしても観光客に人気らしい。なにせ、脚がすくむほどの崖を間近で見下ろすことができるのだから――。

「……その小便小僧がある崖って、すごく高いんでしょうか」

私はさらに問いかける。あっさりと、間を置かずに答えが返ってきた。

「高い、というよりは、下が見えない、と言うべきでしょうね。像が立っている崖そのものは柵で囲まれていませんし」

「落ちたら死にますか？」

「間違いなく」

阿久井が頷く。眼鏡の奥の鷹の羽の色の瞳をしばらく見つめ、私は一息に言い放った。

「車を出してください、阿久井さん――追いかけましょう！」

「もちろんですよ」

私の言葉が終わる前に、阿久井は歩き出す。その右手にはいつの間にか車の鍵が握られていた。私が小便小僧のことを聞きだす前に用意していたとしか思えない、絶妙な行動だった。

4

阿久井の運転は慎重だった。うねる山道を法定速度よりも五キロほど遅い時速で、ゆっくり、丁寧に走っていく。

軽乗用車の居室は狭く、ちょっとした振動までもが直接体に伝わってくる。対向車とのすれ違いすら難しい、山奥の細い道。すぐに追いかけたにもかかわらず、芦原が乗ったはずのタクシーは前方に見えなかった。

「……」

声を出そうとして、私はすぐに口をつぐんでしまう。阿久井は前を向いたまま、黙ってハンドルを切り続けていた。

私がここにいる理由。芦原との邂逅。河原での阿久井との会話。

目を閉じ、私は深く息をつく。車外に視線を投げたままで、ゆっくりと話し始めた。

「芦原さんって、本当にすごい作家さんなんです。文も構成もうまくて、完成されてるのにポテンシャルがあるというか。ミステリ系の新人賞を取ってデビュー作を出したときには、新本格ともまた違う革命的なプロットを立てる新人が出てきたぞって、ミステリファンや出版社の間でも話題になって——私も、プルーフでデビュー作を読んだときから、個人的に『ファンだ』と言えるくらい、芦原さんの作品が好きになっていました。素直に、すごい小説を書く人なんだなって感心して。だから、嬉しかったんです。受賞記念のパーティーであいさつしたときに、ぜひあなたのところでも作品を出したい、仕事をご一緒したいって言われたときは、本当に」

阿久井は何も言わない。ハンドルを握る指先に、少し力が入った気がした。

「編集長もまだ経験がなかった私を芦原さんの担当につけてくれて、それからは一年くらいかけて作品を練っていきました。練って……というよりは、芦原さんご自身が試行錯誤されていった、って言ったほうがいいかもしれません。私は登場人物の言動なんかの矛盾を指摘するくらいで、作品のテーマとか、メイントリックの構成とか、芦原さんがうまく作り上げていかれましたから。ストイックで、一緒に仕事がやりやすい人だなって思ってました。でも——今思えば、それは私の怠慢だったのかもしれません。芦原さんがうまくやってくれるからと言って、ほとんど何もしなかったから」

機能不全に陥った家族の問題を取り上げながら、人工知能や仮想通貨といった最新のガジェットも取り入れる。正統派のクローズド・サークルものだったデビュー作に比べて、芦原の二作目はかなり「わかりにくいもの」であったのかもしれない。それでもトリックの技巧はすばらしく、登場人物の主義主張は首尾一貫していて、読後は決して落胆で終わらせない――大いなるカタルシスを感じさせる作品になっていた。私も、編集部も、全力で芦原の二作目を世に広めるべく、力を尽くした。確かな数字も出して、ミステリファンからも絶賛の声が寄せられた――なのに。

（失敗だったよ、この二作目は。存在を消したいくらいだ）

芦原は納得しなかった。絶賛しているのは一作目を肯定的にとらえてくれた読者だけで、新しいファンがついたとは言えない。飛ぶように売れているわけでもなく、SNSで大きく話題になることもない。書店員さんが主催する賞にも、芦原が所属するミステリ作家の協会の賞にも、まったく引っかかる気配がなかった。数多《あまた》ある新刊の本の、そのひとつ。目立った称賛も罵倒もなく、半年もすれば完全に忘れ去られる。

私はそれでも芦原の作品を、芦原の力を信じていた。二作目と言わず三作、四作、十作と、共に作り上げていくつもりだった。

「はっきり言われたんですよ。『あんたが、担当じゃなかったらよかったのに』って。

私がもっと深くかかわって、いっぱい意見を言っていたら、結果も変わっていたかもしれないのにって。二作目を出版して二、三か月たったころには、もう芦原さんからの返事は来なくなっていました。編集長が私を担当から外しましょうかと申し出ても、だめだったんです。あとは私から何度連絡しても無反応で。ＳＮＳで最近のお仕事の情報は発信されていましたから、それを見る限りは順調にやっていらっしゃると思っていたんですが――」

書けなくなっている、なんて、知らなかった。きっと原稿やプロットを待っている編集者以外には、誰も知ることがなかった事実なのだろう。

「気になるんです。お前、もう関係ないだろって言われても」

阿久井はまっすぐに前を向いたまま、しばらく歯を嚙みしめるような表情をしていた。ゆるやかなカーブでさらにスピードをゆるめながら、低く言う。

「お客さんによく聞かれるんですよ。かずら橋から人が落ちた事故ってあるんですか、と。もちろん、そんな事故は今まで起きたことがないし、死人どころか怪我人も出たことないですよって答えるんですけどね。小便小僧のほうもです。過去に起きた事件、事故の記録を見る限り、あの場所から人や車が落下したという事実はなさそうですね。もちろん、僕らが知らない間に、谷に引きずりこまれている人がいたっておかしくはない場所ではありますが」

「怖いこと言わないでくださいよ！」

「すみません、冗談のつもりでした。不謹慎でしたか」

真面目な顔でそう言われて、私は返答に窮してしまう。緊張をほぐすためのジョークだったのかもしれないが、真剣な口調で語るときの阿久井の言葉など、とても冗談に取れるものではない。

ほんの少し開けた道に出たところで、車が停まる。道路沿いに続く柵のそばに、五、六人の人が集まっているのが見えた。芦原もいる。柵の向こうにちらりと見えている小さな像が、祖谷渓の小便小僧なのだろう。

「僕は、車をすぐに動かせるようにここで待っています。お気をつけて」

周辺には駐車場がない。車は道路のわきに寄せて停車している。乗ってきたはずのタクシーが見当たらないが——芦原は、ここからどうやって宿に帰るつもりだったのだろうか？

「……行ってきます」

短く告げて車を降りる。写真撮影を済ませた観光客たちはすぐに解散して、芦原だけがその場に残っていた。柵にもたれるようにして崖を見下ろしている。私の姿は視界に入っているはずだが、振り返らない。こういうときは……もしかしたら、不用意に近づかないほうがいいのかもしれない。

「芦原さん」

声をかける。相手はまだこっちを見ようとしない。

「そこ、柵を乗り越えないでって書いてありますよ。看板に」

「それくらい、知ってるっての」

ぶっきらぼうに答え、芦原は片手を振る。帰れという合図であったとしても、今引くわけにはいかない。眼前に広がる景色を眺めるふりをしながら、横歩きで、じっくり、じんわり、ゆっくりと、芦原の立つ場所へと近寄っていく。飛び降りようとしている人間が目の前にいる場合、どこを摑んで止めればいいのだろうか。服か？　それとも後ろから羽交い締めにしたほうがいいのか？

「気づいてるぞ」

声だけが飛んできて、私は一旦動きを止めた。芦原との距離は二メートルほど。木を模した柵に手をかけ、その向こうに張り出した小さな崖に立つ小便小僧と、眼下の景色を見る。はるか下は川だ。ここから飛び降りたとしたら、阿久井の言葉通り、まず助かることはないであろう。

顔を上げる。視界を埋めつくす山々と、渓谷。この場所で芦原と再会するだなんて、思ってもいなかった。

数人のグループが入れ替わり立ち替わり写真を撮りに来て、下を見下ろし、歓声を上げて去っていく。像の足元に向かって小銭を投げる人もいた。

芦原も私も何も言わずに、十分ほどその場に立っていただろうか。車を停めている阿久井は大丈夫かな、と振り返ろうとしたタイミングで、ぼそり、と、つぶやくような声が飛んできた。

「……俺が死ぬとでも思ったの？」

考えていたことをそのまま言い当てられて、どきりとした。当然か。芦原は頭のいい人間だ。私がどんなことを考えてここに来たのか、すべてわかっているに違いない。

「芦原さん、追いつめられた顔をしてたので。止めようと思って、来ました」

「あんたは相変わらずだな。俺の考えてることを正確に読み取れない。校正のときはそれでいらいらしたもんだよ」

「すみません。精進します」

「精進しますったって――あんた、会社を辞めたんだろ？」

私は視線を上げる。知っていたのか？

「三友社の担当に聞いたよ。櫻井さん、編集っていうか会社そのものを辞めたそうですよって。理由まではわからないですけどね。ここ半年くらいで急に決めて、東京も出ることにして、周りも首をかしげてましたよ――って。そうなのか？」

私は頷く。三友社はホラーミステリ系の文庫レーベルを持っている出版社で、付き合いのある編集も多い。芦原の担当編集は私より五歳ほど年上の女性で、文学賞のパーティーで会えばよく話をする仲だった。彼女が語ったことに過不足はない。私は理由もなく会社を辞めると決め、東京を出て、今はここにいる。それだけの話だ。

「……芦原さんには、ひとことお知らせするべきでした」

手紙を送ろうか、メールを送ろうかと悩んだ。辞めることをきっちりと伝えるべきではないかと。けれど、できなかったのだ。芦原が私の名前を見て、嫌な気分になることが怖かった。怒りを思い出して、それで執筆に支障が出てしまうことが、一番怖かった。

「あれだけよくしてくださったのに、挨拶もなしで、申し訳ございません。私、春暁社《しゅんぎょう》をやめて、今は……自主的な休暇中っていう感じなんです。芦原さんが『かくれが』にいらっしゃるとは思っていませんでしたから、すごくびっくりしました」

「嫌味を言うなよ。『よくしてくれた』とかさ」

「嫌味じゃないです。本当に、助けられましたから」

皮肉でもなんでもない。芦原は私にとって、真実よい担当作家だった。出来上がったものも、最高の作品だったと思っている。

「……わかってるよ。あんた、読解力はいまいちでも、絶対に嘘をつかない編集者だったもんな」

吐き捨てるような口調に、すこし丸みを帯びた言葉。私は顔を巡らせ、芦原の横顔を見る。そう言えば、打ち合わせのときは正面に向き合って、何十分も、ときには何時間も、小説について話し合ったものだっけ。くぼんだ頰に、つやを失った髪。芦原の白い横顔を、澄んだ空気が撫でていく。

「もし、『自分が原因だ』と思っているなら、大間違いだよ」

「え？」

顔を上げた芦原と目が合った。「作家」として向き合っていたころの表情を覗かせた相手が、冷静な声で言う。

「俺が『書けなくなった』理由、あんたは自分のせいだと思ってるんだろ？　だとしたら、たいした勘違いだ。よく考えてみてくれよ。俺があんたとの揉め事でスランプに陥ったとしたら、時系列がおかしい。あんたと縁を切ったのは二年半くらい前のことで、俺がスランプに陥ったのは……あの『謎』に巡り合ったのは、ほんの二か月くらい前のことだ。だから、俺が追いつめられてるのはあんたのせいじゃない。ここを理解できないと、俺が出した謎の答えは絶対にわからないぞ」

「芦原さん、それって」

距離を詰めようと歩み寄るが、相手が一歩身を引いてしまう。芦原は目をふっと逸らし、答えた。

「『それって』も何も、言った通りの意味しかないっての——ところで、さ」

崖の下を見、私を見、道路のほうを見て、芦原はまた私を見る。

「ここって、タクシー呼んでも来てもらえるのかね」

「帰りのこと、考えてなかったんですか⁉」

私は思わず叫んだ。帰るつもりがない、というより、帰りの交通手段のことをよく考えずにタクシーで乗り付けただけであったのか。

「うるさいな！　観光地なんだから、バスやタクシーのひとつくらいいくらでも見つかると思うだろ！」

「バスターミナルどころか、ここ、駐車場もないですよ。どうされるんですか？」

「どうされるもなにも、スマホでタクシー手配するしかないだろ。行きはそうしたんだから」

「ここまで来てくれますかね？　道、二車線とも言えない感じの狭い道路ですし、そもそもどこから配車してくれるかわからないですし何十分待つことになるかもわからないですし、歩いて帰るのも無理ですしヒッチハイクも難しい感じですし陽が落ちるのも早いかもしれないですし――」

「うるさい、うるさい！　あんた、そんな畳みかけるようにしゃべる人だったか⁉」

「心配なんですよ！　芦原さんが！」

「ああもう、うっとうしいな、放っておいてくれよ、余計なお世っ――おせっか――とにかく、俺がどうやって帰ろうが、どうでもいいだろ！　あんたには関係ないんだから！」

「関係、ありますよ！　だって、芦原さんは」

息を止め、目を閉じる。視界の端にうつる白い車が、向きを変え、こっちに向かってゆっくりと近づいてくるのが見えた。

「……『かくれが』の、大事なお客さんなんですから」

わずかな沈黙。眉間にしわをよせた芦原が、私を見据えていた。

「櫻井さん、あんた」

一メートルほどの距離で対峙する私たちのすぐそばで、白い車が停まる。阿久井の軽自動車だ。助手席の窓が開き、阿久井が身を乗り出すようにして顔を覗かせた。こうして車の外から見ると、長身の阿久井に小さな運転席はずいぶんと窮屈そうだ。

「失礼。そろそろお声がけしたほうがよいかと思いましてね。芦原さん、もうこちらの観光はよろしいですか？　でしたら、車に乗ってください。下流にある店に予約を入れてありますから。そろそろ向かったほうがいいでしょう」

「――予約？」

「予約？」

私と芦原はほぼ同時に同じ言葉を発して、互いに顔を見合わせた。予約、とは？　阿久井は片頬だけで笑うような表情をして、運転席に体を引っ込めてしまう。

エンジンをかけたままの車。もう一度芦原と顔を見合わせる。どちらからともなく動き出して、私は助手席に、芦原は後部座席に体を滑り込ませる。座席に座り、シートベルトをしたところで、車がゆっくりと動き出した。姿勢よくハンドルを握る阿久井は、まっすぐに前だけを見つめている。

「阿久井さん、どこに行くんですか？」

向きを変える車の中で、私は言葉を投げかけた。バックミラー越しに芦原へと視線を送り、阿久井が答える。

「このまま下流に向かって、少し走ります。今の芦原さんが一番行きたい、と思っていらっしゃるであろう場所ですよ」

私は後部座席を振り返る。名探偵にはぐらかされる刑事のような表情をして、芦原が大きく首をかしげた。

5

車は十五分ほどうねる山道を走り、大型の商業施設らしい建物の前で停まる。「着きました」と告げる阿久井に続いて、私も芦原も狐につままれたような顔をして車を降りた。ログハウスを基調としたデザインの建物内に入り、奥へ。受付らしいカウンターデスクの横に置かれた看板を見て、私と芦原はまた同時に声を上げた。

「大型アスレチック？」

「ロングジップライン？」

大きな店の中では、長袖長ズボンの服装にハーネスをつけた人たちが、インストラクターの話に注意深く耳を傾けていた。ここは——聞いたことがある。秘境・祖谷に存在する大型のアスレチック施設。祖谷川をまたぐ、高低差五十メートル以上、三百六十メートルのコースを走るロングジップライン。子供向けのジェットコースターにすらびびり倒す私にとっては、最も縁遠いとしか言いようのない施設だ。阿久井は私と芦原の頭からつま先までをさっと眺めて、軽く頷く。

「お二人とも、その服装のままで大丈夫そうですね。靴もそれで大丈夫だとは思いますが、レンタルもあるようですよ」

そう言えば、阿久井も厚手の生地の上着にデニムのパンツ、スニーカーといった格好だ。私も芦原も似たような服装はしているものの、待て。

「行くんですか?」

看板の文字と阿久井の顔を交互に確かめて、私は聞く。阿久井は「いつでもお伺いしますよ」と言いたげに笑みを浮かべている受付スタッフへ会釈をしてから、答えた。

「ジップラインのみのコースを、三人分予約してあります。もちろん、僕と櫻井さんは芦原さんに付き添うだけで、実際には滑りませんけどね」

「はあ?」

腕を組んでいた芦原が、上ずった声を出した。知っている。芦原も私に負けず劣らず、高所や絶叫系のアクティビティが苦手な人間なのだ。

「待てよ、俺はそんなの頼んだ覚えはないぞ」

「いいえ、確かにご予約時にリクエストをいただきましたよ。『祖谷での観光について、ご要望などがございましたらお書きください』というフォームに、『気分ががらりと変わるような体験をしたい』と答えていらっしゃったじゃないですか」

「それは——ああ、ああ、書いたよ、確かに！　でも気分を変えるって、そういう意味ばっかりじゃないだろ！　森の中を歩くとか——温泉に入るとか、ほら、いろいろ——あるだろ！」

「やらないんですか？」

「いや、やらないとは言ってな——待て、マジでやるのか、俺？　ジップラインってあれだろ？　切れそうなワイヤーに身ひとつで摑まって、高いところから滑り落ちていくっていう……」

「やらないんですか？」

「やらない——って言いづらいだろ、この状況だとさあ！　あんた結構強引だな⁉」

「僕としては、芦原さんの気分が最高に『チェンジ』できるであろうアクティビティを考えたつもりですが」

「なんだよ、それ、余計なお世——っ」

言葉を吞み、芦原は大きく舌打ちをする。阿久井はその場から一歩も動かず、ぶつぶつと何かを言い続けている芦原をじっと見据えていた。芦原の言う通り、相手にノーとは言わせない雰囲気を醸し出しながら。

芦原は首を何度も振り、ため息をつき、大きな梁を渡した天井を見上げて、もう一度深いため息を吐く。次に顔を上げたときには、表情が変わっていた。

「やるよ。やったらいいんだろ。どうせ――ひとりで観光してたら、ジップラインをやろうなんてこれっぽっちも考えなかっただろうしな。やるよ。これも、ネタのひとつって考えれば、怖くもないさ」

「では、受付を済ませてきます。僕と櫻井さんも出発地点まではご一緒しますので、そこからは芦原さんが――」

「待ってください、阿久井さん」

足を踏み出し、私は声を出す。芦原に対しては表情を変えなかった阿久井が、手を挙げる私を見て、驚いたように口を薄く開けた。

「私も、やっていいですか。芦原さんについて行きます」

「しかし、櫻井さん――」

「待て、櫻井さん、あんたこういうの一番だめなんじゃなかったのか」

今度は阿久井と芦原が同時に声を上げた。頷き、私は答える。

「無理ですよ。高いところも、揺れる乗り物も、絶叫系も、ぜんぶ無理です。でも」

拳を握りしめ、私は浅く息を吸う。額に、わずかな汗をかいていた。

「私も、気分を――がらりと変えたくなったので」

6

ハーネスをつけたままの状態で、高い木が立ち並ぶ森の中を抜けていく。上を見ればそこはまさに木の上に作られた「秘密基地」、森の動物たちが飛び移って遊ぶかのような、大自然の中のアスレチックだ。

幹と幹の間に張られたネットを、人が渡っていく。ロープにすがって、梯子のような足場を慎重に歩いていく人もいる。大型のジップラインは、このアスレチックコースの最後にあるらしい。

インストラクターの男性を先頭に、阿久井と私、それに芦原が一列になって森の中の道を抜けていく。通路は整備されているが、それでも足元がごつごつとしている部分もあった。草のにおい、土の香り。小学校のときに課外活動で訪れた山を思い出す。大人になってからは、プライベートでアウトドアのレジャーを楽しむこともなかった。山はこれまでの私にとって、画面の向こうに見える世界でしかなかったのだ。

「この通路はコースをクリアできないお客さまのために作ってあるんです。基本的にはアスレチックのコースをクリアしながらジップラインにたどり着いてもらうんですけど、どうしても難しいところは下を通っていってもいいよ、ってことですね。ジップラインだけの体験を希望されるお客さんも多いですから、そのときはここを通って乗り場まで直接案内することにしているんですよ」

　インストラクターは三十代前半らしい、潑溂とした男性だった。阿久井は軽い足取りでその背を追いながらも、ときおり私や芦原を気遣うように後ろを振り返る。私たち二人はへっぴり腰だ。

「大丈夫ですか、櫻井さん」

「大丈夫です、余裕です。今のところは」

「大丈夫ですか、芦原さん」

「無理だって言っても、それこそここで引き返すほうが無理だろ」

「そうですか、それはよかった」

「よくねえよ。あんた、実は人の話をへいへい聞きながら、言うことは絶対に聞かないタイプだな？」

芦原の憎まれ口を聞き流し、阿久井はまたしれっとした様子で歩を進めていく。十五分ほど歩いたところで、視界が開けた場所へたどり着いた。木々の間を走る二本の長いワイヤーに、遥か向こう、下方に見えている祖谷川の流れ。安全ベルトをしっかりと固定された女性客が、軽快な悲鳴を上げながら谷底に……空中に向かって勢いよく滑走していった。説明不要、百聞は一見にしかず。ここがロングジップラインの出発地点だ。

想像していた五十倍は高いし、長い。しかも「ジップラインで川を渡るのはいいけど、帰りはどうするんだろう?」という心配は不要、往路と復路でこの三百六十メートルのコースを二回楽しめることになっているらしい。往復で約七百メートルか。もはやそれは一キロメートルではないか。一キロメートルの滑走、絶叫。また、じんわりと汗がにじんでくる。ちょうど待たずに出発できるらしく、発着場に控えていたインストラクターがまぶしい笑顔でこちらを見つめていた。

「あ、すぐに行けるみたいですね。どなたからにしましょうか?」

阿久井、私、芦原の三人で顔を見合わせ、なぜか私と阿久井が芦原に視線を投げる形になった。大袈裟に肩をすくめ、芦原がため息まじりの声で言う。

「わかってるよ、俺からだって。俺が行かないと意味ないもんな。櫻井さん、あんたは後から来いよ。俺が滑るのを見て、別にやめたっていいんだから」

「それ、気を遣ってくださってるんですか？」

私の言葉にひとつ手を振り、芦原はしっかりとした足取りでインストラクターへ向かって歩いていく。滑走時の姿勢や安全ベルトについて、対岸に着いてこちらへ戻ってくるときの注意に耳を傾けているが、顔色は見るからに悪くなっていた。つい聞いてしまう。

「芦原さん、大丈夫ですか」

返事はない。軽く肩をすくめるような動作をして、芦原はスタート地点についた。インストラクターがハーネスやベルトの締まり具合を確かめ、ＧＯサインを出している。傾斜する木々の向こうに見えている、青い空。山間の景色。芦原はためらわなかった。軽い助走をつけ、ロープにしっかりと摑まり、足場から飛び出すようにして――空中へと滑り出していった。

悲鳴が上がる。細く高く伸びるその声が、尾を引きながら木々の向こうへと消えていく。

「次の方、どうぞ」

インストラクターが、とてもいい笑顔でこちらを見ていた。阿久井の顔をちらりと確かめて、私は頷く。阿久井もためらいがちに顎を引いた。足を踏み出す。阿久井がこちらに向かって咄嗟に手を伸ばすのが見えたが、振り返るともう飛び出せないような気がして、あえて気づかないふりをした。

「お願いします」

インストラクターの説明を聞いて、ハーネスに命綱を取りつけてもらう。腰のベルトや股下を通るベルトの締まり具合を何度もチェックして、インストラクターは「よし」と頷いた。

「お好きなタイミングで、どうぞ」

息を深く吐く。腹の底を冷やすような恐怖、本能的な身体の硬直。やっぱりやめよう、耐えられない、と頭のどこかで声が響く。いいや、行くんだ、と、無謀な心が訴えている。行かなければいけない。芦原と同じ視点、同じ位置に立つためにも。この行き詰まった気分、重苦しく動かない身体に新しい風を送り、熱い血を沸き立たせるためにも。

行くんだ。

思い切ったことをしなければ、自分をがらりと変えることはできない。

「GO!」

足を踏み出すと同時に、インストラクターの声が響く。足場から両足が離れた、と思った瞬間、体中の重みが細いハーネスにゆだねられる心地がした。安定感はある。

思ったほどぐらつきはしない。しかし――速い！　加速していくスピードと、陽に照らされた金属のにおい。風が全身を叩く。内臓が空っぽになるような感触、身の置き所のない恐怖。つい、目をつむってしまった。自分の体勢を自分でコントロールすることができない戸惑い、混乱、焦り。怖い怖い、降りたい、降りたいと身を硬くして――。

不意に、何かが「抜けた」心地がした。

スピードは安定し、滑車がワイヤーを滑る規則的な音だけが響き続けている。固く閉じていた瞼を開き、私は目の前に広がっていく光景を、眼前に見える景色を、全身で捉えた。

白い河原。エメラルドグリーンの川の流れは、波を立てて揺蕩《たゆた》っているように見えた。地面を覆いつくす鮮やかな緑と、点々と見える建物、人々の確かな生活、一本の帯のような道路。まるで、自分が鳥であったことを思い出すかのような――不思議な感覚。

思わず、しがみついていたワイヤーから両手を離してしまった。身体がくるりと回転しそうになり、慌てて握りなおす。風を切る。飛んで行く。眼下の河原で遊んでいる人が、こちらに向かって手を振るのが見えた。全身が、目になったみたいだ。私は身体のすべてで、この祖谷という大自然を、ずっと忘れていたかのような風を、陽の光を、どこまでも広がる景色を、捉え続けていた。

にわかにスピードが上がったように思えたのは、目の前に着地地点が迫ってきたからだろうか。急激に戻ってきた恐怖そのものに焦り、私は悲鳴を上げながら足をばたばたと動かした。ウッドチップを敷き詰めた地面に、ソフトランディングする。転ぶように着地した私を女性のインストラクターが助け起こし、ねぎらいの言葉をかけてくれた。顔を上げれば、髪を乱した芦原の姿が視界に入る。黒っぽい服のあちらこちらにウッドチップがついていた。どうやら彼も、かっこよく着地したとは言えないらしい。

「マジで来るとは思わなかったよ」

ぶっきらぼうな、だが、どこか称賛の混じった口調。私は親指を立てて答える。芦原はまた肩をすくめてから、インストラクターが私の命綱を外すところを見守っていた。自由になった私がふらつく足取りで近寄ろうとすると、今度は芦原がインストラクターのほうへと歩いていく。

「これで終わりじゃないだろ。帰りもジップラインだ」

乱れた地面をならしていたインストラクターが、笑顔で答える。

「はい。基本的には復路もジップスライドで帰っていただく感じですね。このすぐそばに復路の出発点がありますから、そちらへどうぞー」

明るく返された芦原が、私に視線を送ってくる。歩き始め、芦原はまるでパーティーを率いる勇者のような口調で言った。

「行くぞ。もたもたしてたら、夕方になる。こうなったらとことん楽しんでやるよ」

私はひとつ頷いて、その背中を追った。長く長く耳にしていなかった、自信に満ちた芦原の声を、胸の奥で嚙みしめながら。


往路よりもかなり短く感じられるコースを滑り終えたところで、阿久井は私たちを待っていた。先に復路を滑り終えていた芦原は阿久井から数メートルほどの距離を置き、不器用に着地する私の姿を睨みつけるようにして眺めている。インストラクターの手を離れ、おぼつかない足取りで歩く私を、阿久井が穏やかな表情で迎えた。

「おかえりなさい、櫻井さん。上手に滑ってましたね」

「見てたんですか？」

「往路の出発地点と、復路の着地地点から見守ってましたよ。なかなかない経験ですよね。三百六十度、あらゆる角度から景色を見るということは――すべての視点から、自分を見られる、ということでもありますから」

不思議な返しに、私は首をかしげる。阿久井は少し離れた場所に立っている芦原にも視線を投げて、少し抑揚をつけた声で言った。

「それでは、宿に戻りましょうか、芦原さん。お部屋で少し休憩してくだされば、その間に夕食を用意しますから。お風呂は夕食前と夕食後、どちらに入られても構いません。その後には――」

「わかってる。『謎解き』の時間だろ？　わかってるよ、もう俺の負けだってことは、最初っからわかってたさ」

芦原の口から出た意外な言葉に、私ははっと口を開いた。阿久井は表情を変えない。にこりともしないその顔が、芦原が発した言葉を如実に肯定している。

「あんた、俺が謎を出したその時点で、答えなんてとっくにわかってたんだろう？」

阿久井は軽く首を振り、引き締まった口調で答える。

「いいえ。それは、買い被りすぎですよ。芦原さんのこれまでの反応を見て、ようやく答えにたどり着いたといったところです」

「それも何か腹立つな。たいした謙遜になってないぞ」

阿久井はようやく笑みを浮かべ、口元に人差し指を立ててみせる。種明かしはすべて、謎解きの時間に、と言いたいのだろう。

「とにかく、帰りましょう――『かくれが』へ。今日は二日前から塩漬けにしてある阿波尾鶏を、炭火で焼くつもりですから。鶏そのものの味が濃いですから、そのまま食べるんです。おいしいですよ」

呆れ気味に投げられる視線と、ため息。また肩をすくめる芦原の表情を見て、私も笑った。芦原に陰りのない笑みを見せるのは――芦原のデビュー二冊目の見本誌ができて以来、本当に久々のことだった。

7

夕食後に風呂へと向かった芦原は、なかなか「謎解き部屋」に現れなかった。私と阿久井が二杯目のコーヒーを飲み終わり、明日の天気と朝食についての他愛もない会話を終え、どこか不自然な沈黙が落ちたときに、ようやく濡れ髪のままで現れた。自前らしい浴衣を着て、眉間に深いしわを刻んでいる。

「温泉、よくわからない羽虫みたいなのが浮かんでたぞ」

湯に浮かんでいる虫を一匹一匹すくっては外に出していたので遅くなった、と芦原は語った。ぶつぶつ言いながらも、私と阿久井に向き合う形で布張りの椅子に座る。時を刻む、柱時計の振り子の響き。背もたれに身を預けていた阿久井が、姿勢を正しながら口を開いた。

「それでは、芦原さんの用意された『世界一くだらない謎』について——僕が僕なりに導き出した答えを聞いていただきましょうか。実は、芦原さんが問題を出されたときから、僕はある点にひっかかりを覚えていたのです。何の問題もなさそうに見える窓際の席を、『使うな』と脅したのは誰なのか？　芦原さんが語ったエピソードを聞けば、ほとんどの人がその部分に疑問を持つことでしょう。その行為を行ったのは誰か、『犯人』はいったい何者なのか。あるいは、犯人の目的は何だったのか、と。しかし芦原さんの語りかけは違っていた。『店主は、いつまでその脅しに怯えなければいけないのか』？　誰、でもなく、なぜ、でもなく、『いつ』を問題にしていたところが、この謎の特徴と言えるのです」

阿久井の語りを邪魔しないように、私は軽く頷く。フーダニットでもなく、ホワイダニットでもなく。芦原の謎の主眼になっていたのは、「この状況がいつまで続くか」という、いわばHOW LONGに属する問いであったのだ。

芦原は椅子にもたれかかるようにして、脚を組んでいた。つまらなそうに目を細めているが、阿久井の話に耳をじっと傾けているらしいことは、その口元からもわかる。大事な話を聞くときに、芦原は下唇を噛む癖があるのだ。

「それはおそらくこの謎の本質と言うべきものであり——ミステリ作家らしい芦原さん

の『ひねり』、本質へたどり着くまでの道順を面白く読ませる芦原さんならではの遊び心であったのだろうと、僕は考えています。デビュー作も、二作目もそうだったじゃないですか。あなたの作品ではいつも、オチに至るまでのツイストが絶妙に利いていた。初読のときも、再読したときも、その伏線の張り方、読ませ方に、僕は膝を打ったものです」

阿久井の言葉を聞いて、芦原が目を丸くする。心の底から驚いているかのような、そんな素直な反応だった。

「待て。あんた、俺の作品を読んでるのか？」

「短編も、すべて。好きなタイプの作風です」

芦原は部屋の棚に並ぶミステリ小説にさっと目を走らせ、また阿久井の顔を見て、ふん、と鼻で笑いを漏らした。聞こえるか聞こえないかの小さな声で、「物好きだな」と呟く。表情が、緩み始めていた。

「さて、この謎の本質は『いつまでこの事態が続くのか』という問いかけにあるとは言っても、いったい誰が、何の目的で『あの席を使わせるな』という脅迫状を送ったのかを解明できなければ、答えにはたどり着けません。そこで、僕はひとつの仮説を立てることにしました。本当は、そんな脅迫状など誰からも送られてきていないのでは？　それはすべて、店主の自作自演であったのではないか、と。店主が窓際の五番テーブルを使用中止にしていたのは本当でしょうが、彼はある常連の顔を見て——脅迫状の話を思いついた。思いついたというより、そのお客さんにだけ伝えるつもりで、脅迫状の話をあらかじめ考えていたのかもしれません。芦原さん。言うまでもなく、その常連客とは、あなたのことです。店主は長く……一か月ほど、でしたね？　店に顔を出さないあなたのことを心配していた。そして憔悴しきったあなたが店に来たタイミングで、あの五番テーブルの話を、奇妙な脅迫状のことを語ったのです。つまり、他でもないあなたに『あのテーブルを使うものはいない』『あのテーブルに座って、窓の外を眺めるものはいないから、どうか安心してほしい』ということを伝えるために」

「窓の、外？」

私は思わず声を上げた。目を逸らす芦原の反応を見て、彼が語った謎の内容を思い出して、彼の性格のことを思い出して——はっ、と息を呑む。

私の反応を見て、阿久井も頷く。そうか。再開発が続く街。「空き地になった土地」という表現。人目を極端に嫌う、芦原の性格。その性格のことは、店主もよく知っていたらしい。店から見える景色。芦原が、書けなくなった理由——。

「芦原さん」

芦原は目を閉じ、うなだれるようにして体を前に傾けていた。その姿に、阿久井が低く、柔らかな声で語り掛ける。

「店主はあなたのために、窓際の五番テーブルを空けておこうと決めたのではないですか。隣の土地のビルが解体され、五番テーブルに隣接する窓からはそのまた隣の建物が見えるようになった。その建物こそが、あなたの住むマンションだったのです。しかも、あなたが仕事場にしている部屋の窓が丸見えになっている。店主自身、やつれきったあなたをその窓越しに見たことがあって、思うところがあったのかもしれない。人目があると作業ができない芦原さんにとって、入れ替わり立ち替わり客がやってくる喫茶店の店内が見えるだなんて、その店の客から見られるだなんて、どれほどのストレスになるかわからない。ならばせめて、窓際のテーブルだけでも無人にしておいて、安心してもらうことはできないか。その店主も……常連客、いや、友人のひとりとすら思っていたかもしれないあなたのことを、心配していたんでしょうね。芦原さん、書くんだよ。安心して、書くんだよと言いたくて、彼は――拙《つたな》い拙い脅迫状の話をでっち上げたのです。ミステリ作家であるあなたには、自分の真意がすぐに伝わることを信じて。すなわち、この謎の答えはこういうことになります――『店主は空き地に再びビルが建つまで、その脅迫に怯えなければいけない』。あるいは、『作家である芦原の気分が変わるまで』といったところでしょうか？『芦原が窓に遮光性のあるカーテンを取り付けるまで』では、あまりおしゃれな答えではないですから」

薄暗い店内、ぽかりと空いた席。コーヒーを淹れながら、店主は無人のテーブルを見つめる。窓の向こう、自分からは決して見えない場所で苦悶している作家のことを、心から案じながら。そうだ……私は思い出す。芦原が、極端に繊細な性格であったこと。人と会うのが嫌いなのに、私との打ち合わせには積極的に顔を合わせ、話を聞いてくれたこと。誰が心配しても、ひとりで抱え込みがちで、余計なお世話だ、余計なお世話だとしか言わなかったこと――。

芦原は片手で顔を拭い、天井を仰ぐようにして身を起こす。はっ、と笑いを漏らしたが、その声には阿久井への賞賛、畏怖が混ざっているようにも思えた。頷くように、何度も首を縦に振る。音のない拍手をして、静かな声で語り始める。

「正解だよ。というより、初めからもう負けてたんだろうな。『余計なお世話だ』と言うなってところもヒントになってるし、あのジップラインに俺を連れて行ったのも、全方向から見られる感覚を味わえ、とか、思い切って気分を変えろ、とか、そういうメッセージがあったんだろうし――なんか、俺だけじゃなくて、もうひとりもがらっと気分を変えたい、なんてことを言ってたみたいだけど」

視線を投げられて、私は思わず姿勢を正す。頷き、素直な感想を返した。

「私も、ちょっと行き詰まってるところがあったので。荒療治かもしれませんが、頭がすっきりした気がします」

「荒療治、荒療治ね――」

芦原は私の言葉を二度繰り返し、また下唇を噛む。それから身体ごとこちらに視線を向けて、真剣な表情で語り掛けてきた。今までに一度も聞いたことがないような、重々しい口調だった。

「櫻井さん。教えてくれ。あんたは俺がスランプになったことを、あんたとの確執のせいだと思ってたみたいだが――あんたが会社をやめたのは、俺のせいなのか？　俺が希望を打ち砕くようなことをしたから、あんたは編集者という仕事をやめてしまったのか？　あれだけ優秀だったのに？　あれだけ……作家の話を、とことんまで聞いてくれてたってのに？」

「いいえ」

私は迷わず返す。考える前に、言葉が出ていた。

「違います。それだけは断じて、違います」

「そうか」

両手で顔を覆うようにして、芦原は身体を前に倒す。阿久井はじっと、うつむく芦原の背中を見つめていた。罪を洗いざらい告白する犯人を見守るような、厳しく、しかし、柔らかな視線だった。

「阿久井さん」

芦原が顔を上げる。かすれた声が、二十二時を知らせる柱時計のベルの音をかき消した。

「俺の完敗だ。宿泊代はもちろん、全額払うよ。あんただけじゃない。櫻井さんにも、喫茶店の店主にも、俺は負けっぱなしだったんだ。強気に出たって、差し伸べられる手を突っぱねたって、俺は、いつも、負けてたんだ――」

8

曇りの予報は外れ、午前九時の秋の空は高く晴れ渡っていた。不思議なものだ。都内にいたときは「空が狭い」なんて感傷的なことは思わなかったのに、この祖谷の山の中で見る空はとても狭く、そして、ずっと高いように見える。迫る木々が視界を狭めているからなのか。それとも、何かに包まれているという感覚がそう見せているのか。

私の隣に立つ阿久井は朝の光を浴びて、まぶしそうに目を細めている。あのあと、私はすぐに「謎解き部屋」を退室し、芦原と阿久井は一時間ほど話をしていたらしいが――その内容について、私は何も知らない。芦原が阿久井に何かを語ったのか。阿久井が、芦原に何かを話したのか。あるいは、ミステリ談議に興じていたのか。早朝になって食堂に顔を出した芦原は、少しすっきりとした顔をしているように見えた。

宿の玄関前にタクシーが滑り込んできて、後部座席のドアが開く。ぎりぎりまでフロントのソファに座っている、と言っていた芦原が、キャリーケースを転がしながら外へと出てきた。

タクシーの運転手が車を降りて、芦原の荷物をトランクに積む。ちらり、と投げられる視線。芦原は後部座席に乗り込みながら、さりげない口調で私に声をかけてきた。

「まっすぐ都内には帰らないつもりだよ。あと二週間くらいは、徳島にいるつもりだ」

私は微笑む。芦原と自分が、まったく同じ時期に、似たようなことを考えていたのが、本当に面白い。

「私もしばらくはここにいるつもりです。徳島にいる間に、また遊びに来てくださいね」

「やだよ。徳島市内に滞在するとしたら、ここに来るまでに二時間以上かかるじゃねえか」

憎まれ口、笑顔、片手を上げて送られる挨拶。「よろしいですか」と尋ねる運転手に、芦原は「はい」と答えかけて――「待ってくれ」と言うかのようにこちらへ身を乗り出してくる。そして私のほうをまっすぐに見て、言った。

「次の次の次くらいに発売の『小説ミステリの扉』、読めよ。ちょっとびっくりするような密室ものを書く予定だからさ」

こちらが言葉を返す前に、芦原は奥へと引っ込んでしまう。ドアが閉まり、ハイブリッド車のタクシーが滑るように走り始める。私も阿久井も、しばらくは頭を下げてそのあとを見送っていた。車が完全に見えなくなって、二人で顔を上げる。風に揺れる敷地内の木々を見ながら、私はぽつりと口にする。

「……また、連絡します。私が編集という仕事に戻ったら、きっと」

阿久井は短く息を呑み、私に視線を投げてきた。すぐに顔を逸らし、タクシーが去っていったほうを見つめる。拳を握ったままで聞いてくる。

「櫻井さんは、いずれ編集という仕事に戻るつもりなんですか？」

「わかりません」

私は即答した。相手が何かを返す前に、すぐ言葉を継いだ。

「わからないんです、本当に。理由なく会社をやめちゃったから、また理由なく編集という仕事に戻るかもしれない。また違う道を見つけるかもしれないし――思ってもいなかったことをするかもしれない。そんなにぐらぐらな状態で将来大丈夫か、って言われるかもしれませんが……わからないんです。理由もなくて。これじゃ、なんというか、『答え』を導き出せない感じがしますよね」

「いえ――いいんです、それで。理由がないなら、答えはいくらでも導き出せるものですから」

私は顔を上げた。理由がない。ならば答えだけはいくらでも導き出せる。河原で言われた台詞の真意を、今知った気がした。理由がない。ならば――自分が力になれることが、あるかもしれないと。

阿久井がなぜそこまで私に寄り添おうとしてくれているのかは、まだわからないままだ。

それこそ、答えのない問いかけなのかもしれない。ただの善意から。困っている人を、見捨てておけないから。それだけなのかもしれない。阿久井は私が思っているよりもずっとずっと単純でお人好しの、普通の人間であるかもしれないのだから。

私は笑う。地面の砂を蹴るようにして体の向きを変え、宿の玄関に向かって歩いていく。

「阿久井さん、よかったら私、客室の掃除とかお手伝いしますよ。学生時代にホテルでアルバイトしてたこともあるので、ちょっとはできると思うんです。本当に、ちょっと、ですけど」

阿久井はまた笑みを浮かべ、軽くかぶりを振る。私に気を遣わせまいとしているのか、表情をきっと引き締めているのが、なんだかおかしかった。

「いいえ、大丈夫ですよ。櫻井さんのお仕事は、僕が謎を聞いて解く場面に居ていただくことですから――ん？」

「どうしたんですか？」

「電話だ。ちょっと待ってくださいね」

コックコートの胸ポケットに入れていた端末を取り出し、阿久井は「はい」と応答する。しばらく短い返事を繰り返したあと、「曽川さんです」と、小声で教えてきた。やりとりが続く。答える阿久井の声が、どんどん、どんどん――低くなっていく。

「どうしたんですか？」

阿久井が電話を切り終えたタイミングで、私は語り掛けた。スマートフォンを元のポケットにしまい、阿久井は低く、ざらついた声で答える。

「曽川さんには空港へ今日のお客さんを迎えに行ってもらっていましてね。その方と合流したらしいですが、こっちに連れてきていいものやらどうやら――迷っているようです。まだ子供のように見えるが、大丈夫なのかと。十九歳の大学生と聞いているし、宿泊時に身分証も提示してもらうつもりですから、そこは大丈夫だとは思いますが、と答えたのですが――」

阿久井が言葉を切り、わずかに視線を伏せた。その横顔に、しばらく覗かせていなかった苛烈な色を滲ませて。

「その本人は、こう言っているそうなんです。『この徳島で、天国に一番近い海に連れて行ってくれ。連れて行ってもらえないなら、私はこのまま、家族に何も告げずに失踪するつもりだ』――と」

にわかに吹き付けてきた風に、私は身を震わせる。

このときの私は知らなかった。阿久井が、何を思って表情を曇らせたのかを。

これから訪れる客に、誰の姿を重ね見ようとしているのかを。

阿久井のスマートフォンが、再び震える。

秋の気配を深める山に、灰色の雨が近づく予感がした。

☑

四件目——天国に一番近い海

1

その女の子は、雨と共にやってきた。

チャコールグレーのフーデッドカーディガンに、晴雨兼用らしいエナメル素材のスニーカー。肩まで伸ばした髪は緩く巻かれて、細かな雨粒に濡れていた。荷物は少ない。二日分の着替えが入る程度のボストンバッグと、脇に抱えた手土産らしき包み。Ａ４サイズの書類が軽々と入りそうなショルダーバッグ。飾り気のないデザインだから、通学に使っているものなのかもしれない——控えめな笑顔と、丁寧な物腰。高校生と言われても不思議ではない面立ちだ。

「安西柚奈《あんざいゆな》です。今日から一泊、よろしくお願いします」

玄関先で一礼するその様子には、曽川からの電話で受けたような「困った子供」の印象は感じられなかった。柚奈をここまで送ってきた曽川は土間で片手を腰に当ててたたずみ、靴を脱ぐ柚奈とフロント前に立つ私たちを交互に確かめている。柚奈がうつむいている間に、私は阿久井にそっと目配せをした。無言の答えが返ってくる。まずは、話を聞きましょう。柚奈の言う「家に帰らない覚悟」が何であるにせよ、受け入れる側の私たちには、彼女を無事に家族のもとへ返す義務があるのだから。

「長旅、お疲れさまでございました。チェックインの時刻まで荷物は預かりますから、宿泊台帳を書いていただいてもよろしいですか」

「荷物？　あ、いえ――じゃあ、この大きい鞄だけお願いします。重いですよ」

阿久井にボストンバッグを手渡す柚奈の手元を見て、私は首をかしげた。土産物の包みに見えたものは、どうやらランチボックスのようなものであったらしい。道中に食べるつもりで昼食を用意してきたのだろうか。柚奈が阿波おどり空港に到着したのが、朝の八時三十分。そこから曽川の送迎でこちらへ向かって、今はもうお昼前だ。確かに、タイミングを逃せば朝も昼も食べ損ねてしまうスケジュールではある、が。

「お腹は空いていないですか？」

似たようなことを考えていたらしい阿久井が、さりげない口調で柚奈に尋ねる。そう言えば、私も「かくれが」に到着した日に同じようなやりとりをしたんだっけ。滞在予定のゲストハウスの火災に、芦原との再会。ここに来てからの時間がいろいろと濃すぎて、ほんの数日前が遠い昔のように思えてくる。

「よければ、何か温かいものを用意しますよ。かずら橋のほうまで行けば食事を出してくれるお店もありますが、少し休憩なさってから出発したほうが、ゆっくり観光もできるでしょうからね」

阿久井の声は優しいが、その口調には隙がない。柚奈と接する時間を少しでも作って、「家に帰らないつもり」であるという彼女の意図を探ろうとしているのだろう。

「あ、ええと――お昼ご飯ですか？　大丈夫です。コンビニでパンを買って、ここに来るまでの車の中で食べさせてもらったんで」

答えて、柚奈は土間に立つ曽川に視線を投げる。曽川は頷き、落ちついた声で返した。

「だね。と言っても小さいサンドイッチ一個やったみたいやし、何か食べておいたほうがええんとちゃうかな？」

「いいえ、大丈夫なんです、本当に」

「ほうなん。もちろん、無理にとは言わんけどさ」

言葉を切り、曽川は私と阿久井に向かって目配せをする。柚奈は私たち全員から視線を逸らすようにして、台帳の置かれたフロントへ向かって歩いて行った。阿久井もその後に続き、フロントデスクの中へと入っていく。台帳を書き始めた柚奈の手元を見る表情には、小さな違和感も逃すまいとする警戒感がにじみ出ていた。

なんだか、妙だ。ぎくしゃくした柚奈と曽川の会話。遠慮がちな柚奈の態度。それに――彼女がずっと手から放そうとしない、小さなランチボックスの包み。ボストンバッグに横置きで入るサイズにも見えるが、柚奈はなぜあの包みを鞄に入れずに持ち歩いているのだろうか。使用済みならばなおさら、適当に鞄へ突っ込んでもいいように思うが。すぐ使うつもりであるのかもしれないが、柚奈はすでに昼食を済ませたあとだという。ならば、何のためにあの包みを持っておく必要があるのだろうか？

「柚奈さん――そちらの、包みですが」

私の疑問と呼応するように、阿久井が口を開く。身をすくめた柚奈の動作に一瞬口をつぐみ、阿久井は再び柔らかな口調で尋ねた。

「使用済みのランチボックスであれば、そちらもお預かりしますよ。よろしければ、こちらで洗っておきますので」

「あ、いえ、大丈夫です。その、まだ使ってないっていうか、あれなので」

たどたどしく答え、柚奈は片手を振る。阿久井はすぐに笑みを浮かべ、「そうですか」と受け流してしまった。

私が、くだらないことを詮索しすぎなのだろうか。それにしても気になるのは、曽川からの電話で聞かされたあの言葉だ。「自分は天国に一番近い海を探している。目的を果たせなければ、失踪するつもりだ」。背を丸めて宿泊台帳に文字を書き込む柚奈の後ろ姿からは、緊張とわずかな不安、そしてたったひとりで知らない場所にやって来たという、ある種の高揚しか感じられないのだが。

「はい。ありがとうございます。学生証も確認できました」

柚奈から提示された身分証を確認した阿久井が、静かに答える。記帳を終えた柚奈は落ち着かない様子であたりを見回していた。ショルダーバッグは床へ置きっぱなしなのに、ランチボックスだけはまだ大事に手に抱えたままだ。

「あなたが、十九歳の大学生であることはちゃんと確認いたしました。宿泊施設を利用するのに、親御さんの許可もいらない年齢ではあるでしょう。けれど、失礼を承知で聞かせてください。あなたの親御さんは、あなたがここに来ていることを知っていらっしゃるのでしょうか？」

フロントから出てきた阿久井の言葉に、柚奈は軽く身をすくめる。離れたところでその声を耳にした私でさえ、身構えてしまうほどの声だった。口調は穏やかだが、どこか問い詰めるようなトーンが感じられるのだ。

「……知ってはいます。おばあちゃんの思い出をたどって、徳島に行ってくると伝えてありますので」

「そうですか。ではもうひとつお聞かせください。そのことを、あなたはどのタイミングでご両親に伝えたのですか？」

柚奈は答えなかった。助けを求めるように、私へ視線を投げる。どうすればいいのだろう。成人しているとはいえ、柚奈はまだ学生だ。ひとりで旅行に出かけた娘のことを、両親も心配しているのではないだろうか。だからと言って、私たちに「お父さんお母さんに連絡しなさい」と言う権利はあるのだろうか？　相反する考えが同時に頭を巡って、私は軽くかぶりを振る。阿久井の意図に寄り添うように。そして、柚奈を不用意に責めるような話の流れにはしないように。

「答えたくなければ、答えなくてもいいと思いますよ、柚奈さん。けど、阿久井さんは話の細かいところにヒントを見出しちゃうような人なんです。柚奈さんが、その――『天国に一番近い海』の正体を知りたいなら、差し支えない範囲でいろいろな情報を阿久井さんに教えたほうがいいとは思いますが」

少しずるい答えであっただろうか。柚奈の目的を盾に、自分たちの思うほうへと誘導しているような気になってくる。しかし柚奈は気を悪くした様子をいっさい見せず、はい、と素直に頷いただけだった。ランチボックスを抱え直し、はきはきした声で言う。

「徳島に行ってくる、と両親に伝えたのは、実家を出て三時間以上たってからのことでした。空港について、もう搭乗するぞってときにメッセージを送ったんです。正直に言うと、止められる気がしたので」

「止められる、ですか」

阿久井が答える。柚奈はこくりと頷いた。

「はい。両親は、その……祖母がひとりで徳島に住んでることを、あまりよくは思っていなかったみたいなんです。穏やかで住みやすいところとは言え、日常生活に車がどうしてもいるところですし、買い物ひとつとってもお年寄りには厳しいんじゃないかって。私には、祖母はすごく元気でそういう心配もなさそうに見えていたんですけど。あと、祖母が海の近くに住んでいることも心配してたみたいなんです。災害時に逃げ遅れたらどうするんだって。それで、両親は、おばあちゃんを私たちの住んでる街に引っ越させて、少し体調が悪くなってからは、大きな病院に入院させて、おばあちゃんは——そのあとすぐに、もっと悪くなって、その……今から半年くらい前に亡くなっちゃいました。徳島に帰ることが、とうとうできなかったんです。ずっと地元に戻りたかったはずなのに」

途切れ途切れになる言葉。語調と言い回しに、柚奈の抱く祖母への想い、両親との確執がにじみ出ているように感じられた。きっと彼女の中には、「両親が祖母を悲しませた」という怒りがくすぶっているのだろう。それに、自分自身が何もしてあげられなかったという無念も。たとえそれが、若い彼女の身には手に負えない問題であったとしても。

「おばあさまは、海の近くに住んでいらっしゃったんですか？」

今度は私が口を挟んだ。柚奈は私にも丁寧に頷き返して、さらに続けた。

「はい。鳴門市内に住んでいました。ちょっと高台になったところに家があって、海と鳴門大橋がよく見えてたことを覚えています。それなのにいつも、『天国に一番近い海』を見に行きたいって言ってて」

「鳴門——鳴門、ですか？」

阿久井は顎に手を当て、何かを考えている様子で首をかしげる。しばらくして私に、そして柚奈に視線を投げ、再び口を開いた。

「鳴門と言えば、県内でもかなり海に近い地域になりますね。確かに、海の近くに住まわれていたおばあさまが、『天国に一番近い海』を見たいとおっしゃっていたのは、少し不思議な感じがします。おばあさまが意味していたのは、普段から視界に入る鳴門の海ではなく、また別の海ということになるのだと思いますが」

「たぶん、そうだと思います。祖母はいつも『徳島にはね、天国に一番近い海があるんだよ』というような言い方をしていましたから。若いときには何度か行ったことがあるけど、最近は行っていないんだ、ということも。子供のころは、その『天国に一番近い海』ってよっぽど遠いところにあるんだろうな、と思ってはいたんですけれど――」

「ええ、妙ですね。妙と言うよりは、少し不思議に感じます」

そう答えた阿久井は、窓の外のもっと奥、山の向こうまで見通すように顔を上げた。

「同じ徳島県内の海とは言っても、瀬戸内海を望む鳴門と、太平洋を望む県南のほうの海ではまた印象が違って見えるものです。おばあさまにとって瀬戸内海が身近な海であるとしたら、その『天国に一番近い海』は県南の海を指し示しているとも言えそうですが――距離があるとは言え、海岸沿いを走ればそこまで険しい道を通るわけでもありません。自家用車に乗れれば、アクセスするのもそれほど厳しいわけではなさそうですが」

「それは私も不思議に思っていました。足が少し悪かったとはいえ、祖母は引っ越す直前まで元気にひとり暮らしをしていましたし、車の運転も……長距離を走ることは避けていたのかもしれませんが、ちゃんとできていたようですし。県内の海なら、見に行こうと思えば見に行けたと思うんです」

「と、いうことは、その『天国に一番近い海』には簡単にたどり着けない『何か』がある、と考えてもよさそうですね」

「はい。私も徳島の海のこととかいろいろ調べてみたんですけど、どうしても答えがわからなくて」

私は顎を引いた。私が二日目に出会った週末遍路の客にせよ、芦原にせよ、そして私自身にせよ――「かくれが」に来る客たちは皆、世界一くだらない謎の「答え」を用意してこの秘境にやってくる。謎を出題する客自身が答えを知っていなければ、店主である阿久井との勝負が成り立たないからだ。

しかし、柚奈の場合は違う。彼女は祖母が求め続けた「天国に一番近い海」の正体を知らずに、ここまでやって来た。真の正解は柚奈の祖母のみが知っている。これまでの客とはまったく違うパターンの謎解きとなるが、果たして。

阿久井の表情や仕草を見て、私は確信した。

阿久井自身も、まだこの謎の答えにたどり着いていない。これまでは「問題文」を聞いてすぐに答えを導いてきた阿久井も、この謎に関してはすぐに解答を出せずにいるらしい。「これは難しい問題ですね」と言わないのも、そのためだ。あの台詞は、問題そのものよりもむしろ、導き出された答えが持つさまざまな事情について語ったものであったのだから。

かく言う私も、さっぱり見当がつかないでいる。天国に一番近い海？　天国、という言葉が比喩表現であるとすれば、ものすごく美しい海、という意味としてとらえればいいのかもしれない。あるいは、天国なる言葉が「すごく危険な場所」を指す、ということともあるだろうか？　空港の窓から見た徳島の海は、広く、穏やかだった。そんな穏やかそうに見える海の中に、やたらと遭難者が出る海域があるとか——。

阿久井もまた思案を巡らせている様子で、口元に指を当てている。私が推量した候補と似たものを挙げてから、滑らかな口調で続けた。

「美しい海か、危険な場所か。あとは、そうですね。その『天国に一番近い海』というものが、場所ではなく状態を指し示すこともあり得る。その場合は、『特定の時間しか見られない自然現象』ということにもなりそうですが」

「特定の時間しか見られない現象、ですか」

柚奈が不思議そうにまばたきをする。長いまつ毛の大きな目には、まだ幼児とも呼べそうな幼さすら残っていた。

「はい。徳島県内で海に関する自然現象といえば、鳴門の渦潮が真っ先に思い浮かびます。もちろん、おばあさまの言う『天国に一番近い海』のヒントがそこにあるかどうかはまだわかりませんが——行ってみますか？　柚奈さんには、また来た方角へ戻っていただくことになりますが」

「鳴門に、ですか。ぜひお願いします。祖母の家はもう売り物件になってて入ることができないんですけど、ちょっとでも……何かわかればいいな、って思うので」

柚奈が弾む声を上げる。腕にはめた時計を確かめた阿久井が、言葉を続ける。

「それではすぐに出発しましょう。ここから行けば、片道で軽く二時間はかかりますからね。ちょうど夕方の見ごろには間に合うかもしれない」

「わかりました。じゃあ、すみません――ちょっとお手洗いに行ってきてもいいですか」

「もちろん。フロント横の廊下を少し行って、左手にありますので」

「ありがとうございます。すぐに帰ってきます」

廊下を小走りで駆けていく柚奈の背を見送ってから、私は阿久井に視線を投げる。阿久井もまた私のほうを見て、軽く頷いた。その表情がいつもの彼に戻っている気がして、私は語り掛けてみる。

「阿久井さん、わかったんですか？　『天国に一番近い海』が、なんなのか」

「いいえ。さっぱりですね」

「マジですか」

嘘偽りのない、素直な口調の言葉だった。これまでの柚奈の話からは、阿久井でさえも謎の真相が見抜けていないということだ。

「けど、困りましたね。柚奈さん自身も謎の答えは知らないみたいですし、明日のチェックアウトまでに――納得のいく解答を用意しないと、柚奈さんも安心して帰れないですよね」

柚奈は「目的を果たせなければ、失踪するつもりだ」と言っていたという。『天国に一番近い海』の謎がちゃんと解けるまでは、帰路につくつもりがないということか。何が、彼女をそこまで駆り立てているのだろうか。

「そうですね。柚奈さんはおそらく納得するまで帰らないでしょうし、帰れないのは――彼女だけではない、ということです」

「え？」

聞き返すが、阿久井はただ無言で頷き返すだけだった。廊下の先の扉が開いて、チャコールグレーの裾が見える。申し訳なさそうな表情をした柚奈が、私たちのほうへ向かって小走りで近寄って来た。

「すみません！　お待たせしました。車の運転、ご迷惑をおかけしますが、よろしくお願いします」

髪を揺らして、柚奈が深々と頭を下げる。

その胸元には、例のランチボックスがしっかりと抱えられていた。

2

「無理」

　本州と四国を陸路で結ぶルートは三つ。岡山県と香川県を結ぶ「瀬戸大橋」を経由する児島、坂出ルート。広島県と愛媛県を離島経由で結ぶしまなみ海道。そして神戸市から淡路島へと渡る明石海峡大橋を経由して、淡路島から徳島県にかけられた大鳴門橋を通過する神戸・鳴門ルート。大鳴門橋は播磨灘と紀伊水道を結ぶ幅一・三キロメートルの狭い鳴門海峡の上を通っていて、その真下の海域では「鳴門の渦潮」が発生することでも知られている。この荒々しい海にかかる大鳴門橋に設けられた遊歩道、「渦の道」からは、はるか四十五メートル下の海面と、そこに発生する渦潮のダイナミクスを望むことができる——の、だが。

「櫻井さん、ここからだと真下の渦がよく見えますよ」

　そう言い放つ阿久井が立っているのは、はるか下の海面がすっけすけのガラスの床なのだ。そもそもこの「渦の道」、遊歩道というのどかな響きの言葉には似つかわしくない構造をしている。大鳴門橋の真下に設けられた「観潮チキンレース橋」とでも言うべきもので、通路の壁には窓ガラスがなく海風が容赦なく吹き込んでくるし、頭上を通る車の走行音の迫力と言ったら身の危険を感じるほどだし、見通しのいい通路からは橋の鉄骨構造が見えていて揺れも感じるし、風、風、風は強いし真下を見ればところどころ通路がガラス張りになっていて落ちたら確実に死ぬ高さだってことを思い知らされるし、風、強いし、怖くて下を見ずに目を逸らしても通路のすぐ右手には三百六十度の大パノラマで海が見えているし！　なんというか、のんびり散歩を楽しむというより、自然の猛威を存分に味わってくださいと言わんばかりの構造をしている。祖谷のかずら橋といい、ロングジップラインといい、徳島県民には観光客の度胸を試す趣味でもあるのだろうか？　吹きすさぶ風に尻込みしている私の横を、家族と散歩に来たらしい車椅子のおばあちゃんがにこにこと通過していった。徳島県民にとってはこの程度の風、赤ん坊の寝息くらいのもんよと言いたげな顔で。

「わかってます。渦、見えますよね。でも無理です」

ガラス床から距離を置き、通路の壁側に貼りつくようにして立って、私は首を横に振った。阿久井の隣では、柚奈が興味深そうにガラス越しの海面を覗き込んでいる。幼い頃に祖母に連れてきてもらったことがあるらしく、この施設から渦を見るのは二回目だそうだ。

「私、小さい頃、鳴門の渦ってめっちゃでっかい渦がひとつ、いつもぐるぐる巻いてるものだと思ってたんです。鳴門大橋の下に渦が描かれてるイラストとか見てましたから、そういう勘違いをしてたんですけど」

「なるほど……確かに、そう思っちゃうかもしれないですね」

なんとか相槌を打ちながら、私は視界の端ではるか四十五メートル下の海を捉えていた。白い波がいくつもぶつかり合い、大小さまざまな渦を作り出している様子が見える。文字通りの荒く渦巻く海、これが鳴門の渦潮だ。真下を熱心に覗き込んだままの阿久井が、少し興奮した声で言う。

「満潮になった播磨灘の海水が紀伊水道に流れ込むときの速い流れと、浅瀬の部分の遅い流れの潮流の差で渦が発生するそうですね。深くくぼんでいる海底の地形も渦の形成に影響しているそうですが――でも、柚奈さんの言う『大きい渦がひとつ』というイメージもよくわかりますよ。船が巻き込まれてしまったら出られなくなるような、ものすごく巨大な渦ですよね。僕も小さい頃に、児童文庫でポーの『メエルシュトレエムに呑まれて』の挿絵を見てから、なんとなく渦潮というと大きなひとつの渦を連想するようになってしまいましてね――でも、実際はこの無数の渦のほうが恐ろしいかもしれない。死体を投げこんでしまえば、それこそ文字通り海の藻屑と化すでしょうから」

「怖いこと言わないでください」

後半部分の言葉が冗談に聞こえなかったので、私も声のトーンを落として答えた。真っ青になっているであろう私の顔面を見て、阿久井が今度は安心させるような口調で言う。

「大丈夫ですよ、櫻井さん。ガラスの下にはちゃんと落下防止のワイヤーが張ってありますから。万が一、割れても大丈夫です、ほら」

「ガラスが割れるって時点で大丈夫じゃないですって！」

落下防止のための措置なのかどうかはわからないが、ガラスの下にワイヤーが張られているのは確からしい。万が一落ちても引っかかるから大丈夫ですよ、ほら、って大丈夫なわけがあるかい。壁に貼りついたままの私を見て、阿久井が少し思案するような表情を見せる。立ち上がり、手を差し伸べながら近づいてきた。

「じゃあ、僕が手を引きますので、ゆっくり歩いていきましょうか――どうぞ」

「え？」

あまりに自然な流れだったので、つい差し出された手を握ってしまった。横並びではなく、阿久井が私の前を先導するように歩き、私がそのあとをついていく形になる。手を繋いでいる、というよりは、親に手を引かれている、という感覚に近い。二、三歩歩いて振り返り、阿久井は柚奈にも言葉をかけた。

「柚奈さんは櫻井さんの後ろについて、右手を引いてあげてくれますか。壁沿いにみんなで進んでいきましょう」

「わかりました。遠足みたいでいいですね」

快く返事をして、柚奈がもう片方の手を握ってくれる。先生に導かれる園児のように、私たちはゆっくり、ゆっくりと歩を進めていった。大人三人が手を繋いだままで、よちよちと歩いていく。なんだかおかしな光景だ。

「すみません……私がビビリなせいで」

阿久井は振り返り、いえいえ、と言うように首を振る。まじめな口調で答えた。

「大丈夫ですよ、誰にだって苦手なものはありますから——僕だって、皿に山盛りにされたブロッコリーを食べろと言われたら、泣いて勘弁してくださいと訴えますからね」

「阿久井さん、ブロッコリー苦手なんですか？」

「ええ。味が苦手というより、見たくもないという感じです。非常にくだらない理由、ではあるんですけどね」

阿久井がさりげなく言った言葉に、私はひっかかりを覚える。非常にくだらない理由。文字通りの意味で取ればいいのだろうが、どことなく——阿久井の声が、かすれていたように思う。聞き返すタイミングを失って、私はつい相手の掌を握る指に力を込めてしまった。向こうからも、同じくらいの力が返ってくる。

「でも、懐かしいです。おばあちゃんに初めて連れてきてもらったときは、小さかったし、ちょっと怖くって。こうして手を繋いで歩いて行ったなあって、思い出しました」

後ろを歩く柚奈が漏らした言葉に、私と阿久井は同時に振り返る。柚奈は片手にランチボックスを抱えたまま、私の右手をしっかりと握ってくれていた。

「おばあちゃんも、渦ができるメカニズムとかいろいろ教えてくれて。鳴門海峡ってすごく狭い海峡でしょ、ここはね、昔々は淡路島と陸続きだったんだ、ってことも教えてくれたんです」

「え、鳴門海峡って、昔は陸だったんですか？」

私は目を丸くする。柚奈は頷き、はきはきと言葉を続けた。

「確か、一万年くらい前に鳴門海峡ができて、それから明石海峡ができて、淡路島が四国と本州から切り離された、みたいな話だったと思います。鳴門海峡の底からはナウマンゾウの化石が出たりするんだよ、っていうことも聞いて、すごいなって思った記憶があります」

真下に広がる鳴門海峡は青く、深く、陸地であったころの姿を想像するのは難しい。地形の変動とは不思議なものだ。

「おばあさん、博識な方だったんですね」

　私の言葉に、柚奈は照れた様子で頷いた。口元をほころばせ、何かに浸るように視線を伏せている。祖母のことを褒められたのが嬉しかったらしい。

「小さい頃は年に何回か祖母の家に遊びに行ってたんですけど――おばあちゃん、いろんなところに連れて行ってくれたり、いろんなことを教えてくれたりしました。うちは両親がインドア派の人たちだったので、代わりにおばあちゃんがキャンプに連れて行ってくれたりして。おばあちゃん、山登りも趣味だったから、私が大きくなったら一緒に登山もしたいねって話もしてました。足を悪くしたり、病気をしたりで……それは叶わなかったんですけれど」

　柚奈は懐かしそうな口調で語る。それにしても、キャンプや山登りが趣味であったとは。柚奈の祖母は、潑溂とした、元気な女性であったらしい。身体の衰えで活動を制限されたことに関しては、さぞ悔しい思いをしていたことだろう。

「……阿久井さん？」

　ふと、阿久井が神妙な横顔をしていることに気づき、私は声をかける。阿久井は振り返り、弁明するかのように軽くかぶりを振った。

「ああ、すみません。ちょっと考え事をしていました。それにしても、柚奈さんのおばあさまは、活動的な方だったんですね。登山もされていたとのことですが、国内の山を回られたりしていたのでしょうか？」

阿久井も柚奈の話を聞いて、おおよそ私と同じような感想を抱いていたらしい。頷き、柚奈が答える。

「はい。四国の山はだいたい制覇して、本州の、もっと高い山にも登ってたみたいです」

「それは——いわゆる、『そこに山があるから登るのだ』ということでしょうか？」

「え？」

阿久井が突然抽象的なことを聞いたので、柚奈は不思議そうに首をかしげた。私は言葉を挟む。

「有名な登山家の言葉……ですよね？　なぜ苦しい思いをしてまで山に登るのか、って聞かれたときに、『そこにあるからさ』って答えた、っていう。山に登ることに目的や意味はない、ただ登山家として登りたいから登る、くらいの意味だとは思うんですけど」

「なるほど——はい、おばあちゃんもそういうタイプだったと思います。行ってみたいから行く、やってみたいからやる、みたいな。山に関しては、景色がきれいだったって理由もあったみたいなんですけど。ずっと鳴門を離れなかったのも、家から見える景色が好きだからという話もしていました。父と母は、海の近くは心配だって言って取り合わなくて、結局……私たちがすぐに会いに行けるほうがいいだろうって引っ越しさせたあと、東京の病院に入院させて。おばあちゃん、そのまま家に帰れずに病院で亡くなりました。私には『何の不満もないよ、東京もいいところだからね』とは言ってたんですけど、きっと、徳島に帰りたかったんだと思います。なのに、父と母は」

話す間に、柚奈の語調は次第に強くなっていった。私の手を握る指に、かすかな汗がにじんでいる。

両親に詳細を告げず、祖母の故郷へ飛んできた「少女」。柚奈の決意を垣間見た気がして、私は奥歯を噛みしめる。十九歳の大学生は、もう大人だ。私たちがあれこれ口を出さずとも、自分で考えて自分で決断することだってできる。

けれど――おせっかいであろうと、余計なお世話であろうと、なんとかして両親とのわだかまりを解消し、晴れやかな気分で帰宅してほしいと思うのは、先を生きる者のエゴというやつだろうか。

阿久井はどう思っているのだろう。柚奈の事情に関しては、ずいぶんと慎重に、大事なことを「言う」のを避けているようにも見える。まるで何かを――怖がっているかのように。

前を歩く阿久井は振り向かない。すっきりと整えられたうなじの髪を見ながら、私は歩を進める。海から吹き付けてくる風が、容赦なく頬を叩く。

やがて通路の先に開けた場所が見えて、視界がぱっと明るくなった。遊歩道の折り返し地点に来たタイミングで、晴れ間が覗いたらしい。午前中に県内を湿らせる雨も、午後から夜にかけてはすっきりと止むでしょう、と、昨日のニュースで言っていたっけ。

「わあ――すごい」

歓声を上げた柚奈が、私の手を丁寧にほどく。四つ並んだ床のガラス窓へ向かって歩いていくその背を、私はしばらく阿久井と共に見守った。まだ手を繋いでいたことを思い出し、相手の顔を見ないようにさりげなく、そっと離す。ぬくもりの残る手に、海風がいっそう冷たく感じられた。

「すごい。海の色が違うのも、はっきりわかります」

柚奈の弾む声につられて、私もそろり、そろりとガラスの床へ近づいていった。思い切って下を覗き込む。視界一面に広がる海を見て、恐怖が少しだけ遠のく心地がする。濃いブルーとエメラルドグリーンの海が混ざり合い、波を立て、大小さまざまな渦を作ってはかき消していく。消えていく渦は儚さどころか、幾度も幾度も湧き上がる力強さしか感じさせなかった。

美しい。とても。

阿久井も私たちの隣に来て、渦巻く海を見下ろしていた。眼鏡の奥の目に深い青を映して、何かを考え込むように。私たち三人は、しばらく黙ってはるか下の海面を見つめ続けていた。遠く離れた渦の打つ轟音が、ここまで聞こえてくるような気がした。

「天国に一番近い海って、この景色のことだったんでしょうか」

柚奈がぽつりと言う。阿久井は否定も肯定もせず、ただ軽く首をかしげて、こう言っただけだった。

「その可能性は否定できませんね。おばあさまの言う天国が――故郷の海、僕らが立つことのできる場所にあるとするならば、ですが」

ひときわ大きな渦が波をかき混ぜ、ほどけるようにして海へと戻っていく。

繰り返すその光景は、天国よりも地上の生命の営みに似ているようにも見えた。

3

二時間かけて鳴門まで赴き、短い時間で観光をして、また二時間かけて祖谷まで帰ってくる。半日でこなすには、なかなかのハードスケジュールだったと言えるだろう。朝から長距離移動ずくめだった柚奈は、帰りの車に乗って十分もしないうちに居眠りを始めてしまった。

阿久井は姿勢正しくハンドルを握り、安全講習のお手本のような運転で車を走らせ続ける。やはり、元警察関係者と言うだけあって、そのあたりのルールには厳しいのだろう——というよりは、単なる性格なのだろうか。なんとなく声をかけてはいけない気がして、私も黙ってフロントガラスの向こうの景色を見つめ続ける。音楽もなく、静かな車の旅だった。

車が高速に乗ったあたりで、阿久井がようやく、ぽつりと小声で話し始める。

「柚奈さん、よほど疲れていたようですね」

私は振り返り、後部座席の柚奈の様子を確かめる。柚奈は首をかくりと曲げた姿勢で、穏やかに寝息を立てていた。

「徳島には何回か来たことがあるって言っても、今回は祖谷と鳴門を行き来したりして、大変でしたもんね。大移動してでも、『かくれが』に来たいって思ったのは——やっぱり、阿久井さんに謎を解いてほしかったからでしょうか」

天国に一番近い海を見たいという、願い。祖母を慕っていた柚奈の胸には、切なる想いがあるに違いない。両親は祖母を故郷から引き離したのだ、という怒りに似た感情が、柚奈の中にはある。だから、私がおばあちゃんを徳島に帰らせてあげるんだ、と。

気持ちはわかる。病を抱えた母を案じて身近に呼び寄せた柚奈の両親の気持ちも、柚奈の気持ちも。だからこそ、わだかまりは残してほしくない。そのためには謎を解き明かして、柚奈に堂々と帰ってもらう必要があるのは、重々わかっているのだが。

「私にはさっぱりなんです。徳島の海ってどこに行ってもきれいだと思うんですけど、柚奈さんのおばあさんにとっての特別な海ってどこなのかなって問題になると、見当がつかなくて」

阿久井は軽く顎を沈め、私の言葉に頷くような態度を見せた。運転中は絶対に視線を逸らさないあたりも、ルールを頑なに守る彼らしい。

「特別な海、という定義に個人的な思い出などが関わってくるとなると、非常に難しいですからね。それにしても、櫻井さん」

「はい」

「ありがとうございます」

「な、何がですか？」

唐突に礼を言われて、私は戸惑う。話の中で何か重要なヒントにでも触れたのかと思ったが、どうやら違ったらしい。

「柚奈さんがずっとランチボックスを持っていることに関して、櫻井さんは何も言わなかった。置いて行ったらどうですか、とも、それ、鞄に入れたらどうですか、とも言わなかったでしょう。僕は、そのあたりの櫻井さんの気づかいにいつも救われているんです。あなたはいろいろなことに気が付く人でありながら、話す言葉を慎重に選んでいる。人を傷つけないように、それでいて、無関心にならないように。そのバランス感覚は、見習おうとしても簡単にできることではありませんから」

「え、あ、ランチボックスの話ですか?」

唐突に褒められて戸惑い、私はしどろもどろになってしまう。言うべきことと言うべきではないこと、そのバランス感覚、か。

芦原には「あんたは重要なことを言わない」と怒られたこともあるけれど、そうだ。一緒に仕事をし始めたときの彼にも、似たようなことを言われたんだっけ。櫻井さん、あなたの言葉選びは一級品だ。と。あなたの誉め方には嫌味がない。やる気にさせてくれる。こちらの事情を汲み、何かと気を遣ってくれる……と。

自分でも忘れかけていた、小さくきらめく瞬間。そう、私は編集という仕事が好きだったのだ。作家とその作品、そのすべての意図をちゃんと把握しながら、的確に助言をし、寄り添っていく。そのスタンスは、阿久井の謎解きに通じるものがあるのかもしれない。人にさりげなく寄り添うこと。そういう人間になりたくて、私は、編集という道を選んだのだった。

「大事そうにしていたから」

バックミラー越しに柚奈の顔をもう一度見て、私は言葉を継ぐ。人に寄り添う上で、私が何としてでも守りたかった信条。その人が大事に守っているものを、否定しないということ。

「ずっと手に抱えていたから、大事なものかなと思ったんです。いや、別に、ただお弁当が入ってるから丁寧に持ち運んでたとかでもいいんですけど。でもずっと手離そうとしないから、何か——事情があるのかなって、ちゃんと聞けずにいました」

阿久井は二、三度瞬きをして、また頷くような動作をした。車は高速を降り、祖谷の奥へと向かう山道を走り始めている。

「ええ。それが他人にとってはどれほど『くだらない』ものであっても、否定すべきものではないですから」

阿久井はそう言って口をつぐみ、また黙々とハンドルを握り続けた。山の日暮れは早いらしく、窓の向こうに見える景色はすっかり暗くなっている。車に乗っているだけの身にも、怖いと思わせてしまうほどの夜道だった。

かずら橋横の橋を渡り、川に沿って少し上流へと走る。「かくれが」の駐車場に車が滑り込んだタイミングで、柚奈がちょうど目を覚ました。

「――す、すみません。寝ちゃってました」

「大丈夫ですよ。ちょうど今着きましたので」

阿久井が声をかけ、柚奈が申し訳なさそうに頭を下げる。ずっと運転をしてもらっていた私も、阿久井に礼を言って車を降りた。時刻は十九時十分。雨はすでに上がっているが、深くなり始めた夜気が肌を冷たく刺している。

「もう七時過ぎですね。すぐに夕食を用意しましょう。柚奈さん、よければ先にお風呂に――ん？」

「どうしたんですか、阿久井さん」

立ち止まった阿久井の視線の先を見て、私も目を丸くする。煌々と明かりがともる宿の上がり框《かまち》に、腕を組んだ曽川が立っていた。

「曽川さん？」

近寄りながら、阿久井が先に声をかける。曽川は珍しく厳しい表情を浮かべ、私たちの後ろに立つ柚奈に向かって口を開いた。

「ご両親から電話がありましたからね。柚奈さんのほうに直接連絡しても繋がらないからって、『かくれが』のほうにかけてくれたみたいなんですよ。一応、どこに泊まるかは連絡しとったみたいやね」

柚奈がわずかに身をすくめる。丁寧な口調がかえって曽川の苛立ちを強調しているかのようで、少し怖い。私を「かくれが」に置いてやれと怒ってくれたときの曽川も、同じような顔をしていたのではなかったか。

「すみません……スマホをずっと鞄に入れっぱなしだったので、気づかなくて」

「気づかんかったってことはないでしょう。車に乗ってここまで帰ってくるときとか、確認するタイミングはあったんちゃうの」

「曽川さん」

それでも今の曽川は、少し感情的になりすぎているようにも見える。いや、柚奈をここまで送ってきたときから、曽川はいつもと違っていた。怒っているような、何かを恐れているかのような。同じように住み家を飛び出してきた私に対しては、そんな態度をいっさい取らなかったのに。

「柚奈ちゃんにとっては『ちょっとの時間』かもしれんけどね、親にとっては遠くに行っている子供の連絡がちょっと途絶えただけで、それこそ胃がひっくり返るくらい心配するもんなの。一応事情は伝えて、明日の夜には帰るから大丈夫だってことは言ったけどね。それでも気が気じゃないんでしょうよ。だってね、あなた、娘が――すれ違いがあった娘が、あんな――」

「曽川さん！」

「大事なものを持ち出して家を飛び出したら、心配するなんてもんじゃないでしょうに」

言い放たれた曽川の言葉に、私も、柚奈も、びくりと身をすくめた。大事なもの？

柚奈がずっと、肌身離さず抱えているランチボックス。亡き祖母を「故郷に返してあげたい」という思い。

まさか、あの中に入っているものは。

柚奈は痛みをこらえるような表情で視線をさまよわせ、曽川に返すべき言葉を探している。曽川もまた片手を腰に当てて、口をつぐんだままだった。葉擦れの音が、凍った空気を刻む。沈黙を守っていた阿久井が、柚奈に向かって声をかける。

「柚奈さん。たとえ自分が住む家にあったものだったとしても、それを所有者に無断で持ち出せば罪に問われることもあります。まして、それを特定の場所に放置するとなると、また違った方向から法に引っかかることもあるでしょう。ですが――」

一呼吸置き、阿久井は深く頷く。柚奈が顔を上げたところで、また静かに言葉を続けた。

「僕個人の感情としては、あなたの想いを否定することはできない。あなたが納得する答えを導き出すまで、僕はこの謎の解明に全力を尽くすつもりでいます。まずは、そうですね。お風呂に入って、それから夕食を召し上がって。それからゆっくりと、情報交換をしながら『天国に一番近い海』について考えてみることにしましょうか。僕と、櫻井さんと、柚奈さんの三人で考えれば、文殊の知恵で何かにたどり着けるかもしれません。どうですか？」

柚奈は叱られた子供のように視線を伏せ、唇を結んでいた。やがてぽつりと、憔悴しきった表情で言う。

「……お母さん、いつ気づいたって言ってましたか？」

曽川に向けられた問いかけだ。曽川は腰から手を下ろし、いつも通りの落ち着いた口調になって返す。

「朝になってお仏壇に手を合わせようとして、すぐに気づいたみたいよ。あなたが家にいないってわかったのは、そのあとだったみたいやんね。あんなものを持ち出すからには、なんというか――よほどの覚悟があって徳島に行ったんだろうと思います、っておっしゃってたけど」

安西家の仏壇から持ち出されたもの。娘の失踪。柚奈の両親は、そこに彼女の無言の抗議と固い意志を見て取って、肝を冷やす思いをしたに違いない。遠く離れた地に赴いた娘が、どんな行動をもってしてこの旅を終わらせようとしているのか、見当がつかないこと自体が怖いのだ。

柚奈は亡き祖母の「分身」をこの地まで連れてきた。故郷から祖母を引き離した両親への、ひとつの復讐として。そのあとは？

「……おばあちゃんが故郷に帰りたがってたから、っていうのは、言い訳なんです」

絞り出される言葉。私も、曽川も、阿久井も、ただ黙って柚奈が紡ぎ出す声を聞いていた。

「おばあちゃん、東京の病院に入ったときも、『天国に一番近い海』は、いつでも見られるからね、って言ってて。現地に行けるわけじゃないけど、病室にいたってちゃんと見られるから、寂しくないんだよって、よく言ってました。だから、言い訳というか、私のわがままなんです。おばあちゃんを徳島に帰らせてあげたいとか、天国に一番近い海に連れて行ってあげたいとか、ぜんぶ」

「病室にいても見られる――ですか？『天国に一番近い海』が？」

「はい。たぶん、写真か何かを持ってきてたんだろうと思います。思い出の写真がいつでもここにあるから、寂しくはないよって。おばあちゃん、山に登ったときとか、旅行のときによく写真を撮る人でしたから」

柚奈は答え、ランチボックスを胸元で抱える。阿久井と私、そして曽川へと順に視線を投げてから、軽く一礼した。

「すみません。私、お風呂に入ってきますね。親にも、ちゃんと連絡を返しておこうと思います。明日の夜には家に帰るから、心配しないでって」

そう言って廊下を歩いていく柚奈を、三人でしばらく見守る。その姿が廊下の奥に消えたところで、曽川がため息まじりに口を開いた。

「わがまま、なんて言ったら、あの子より私のほうがひどいけどね。個人的に引っかかるところがあるけんって、あんなきつい言い方をして、ほんと、自分が嫌になるわ」

「曽川さん、それって――」

言葉を返した私に視線を投げ、曽川はふっと笑った。

「初めて会った日に言うたやろ？　私、両親と孫と住んでるんよって。それって実は私がひとりで孫を育ててるって意味だったんやけどね、つまりは自分の子供がその子供を置いて出て行った、ってことなんよ。娘でね、小さい頃から手のかからない、真面目な子だった。大学に進学して、就職して、ある日ひょっこり赤ちゃんを抱えて帰って来て。何も聞かずに、そのまま一緒に暮らそうとか、赤ちゃんと二人で暮らせるようになるまで協力しよう、って言えばよかったのに、私ったらね。何があったかだけ教えてくれって問い詰めてしもて、その次の日の朝には——あの子、赤ちゃんを置いてどこかへ行ってしもてたんよ。今もどこにおるんかわからんの。その赤ちゃんも、もう一歳八か月の立派な幼児になっちゃったけどさ」

言葉を失う。微笑む曽川の瞳が、黒い川の水面のように揺れる。

「それで、ついあの子の親の気持ちのほうに傾いちゃってね。連絡しろとか、なんだかんだ、うるさいこと言うてもうた。あの子には何も関係ないのに——ま、そういうことなんよ。ごめん、邪魔したね。そろそろ母屋のほうに戻るわ」

軽く手を振って玄関へ向かう曽川に、阿久井も手を振り返す。曽川が靴を履き始めたタイミングで、阿久井はその背に向かって言葉をかけた。

「ありがとう、曽川さん。いつも本当に助かっています」

曽川は振り向かなかった。もう一度ひらひらと右手を振り、開け放した玄関から外へと出て行ってしまう。外気は冷たく、夜はさらに深くなろうとしていた。山の夜は濃く、秋の歩みは速い。あとひと月もすれば、この玄関から見える景色も雪化粧を始めるようになるのだろうか。

「さあ、僕らも行きましょう。柚奈さんがお風呂から出てきたら、温かいご飯を用意してあげないと」

促され、私は歩き始めた阿久井の後を追い始める。柚奈の事情、曽川の事情。今ここにいる私の事情と、まだ語られない、阿久井自身の事情。

「くだらない」と一蹴すべき事情などない。誰にとっても、何ひとつ。

厨房へ向かう阿久井について歩きながら、私は廊下を照らす橙色の光を見つめていた。たとえ、話を聞くだけの「助手」であっても――自分にできることは全力でやろうと、胸の中の決意を新たにしながら。

4

ガスストーブで暖められた空気が、謎解き部屋の薄明るい空間を心地よく満たしている。漂うコーヒーのにおいと、壁一面の棚を満たす本たちが吐き出す、乾いた紙の息。阿久井はいつもの肘掛椅子に身を預けて、指を軽く組んでいた。二十三時三十分。夕食を済ませ、「準備をしてから来る」と言った柚奈は、まだ姿を現さない。

「柚奈さん、遅いですね」

私の言葉を受けて、阿久井は部屋の出入り口へと視線を投げた。椅子から立ち上がり、低い声で言う。

「もしかしたら、眠ってしまっているのかもしれない。様子を見てきましょう」

「あ、それなら私も行きます」

腰を上げる私を見て、阿久井はこくりと頷く。

「お願いできますか。二人で声をかけたほうが、柚奈さんも安心して出てこられるでしょうから」

宿の客とはいえ、部屋にひとりでいる女性に声をかけるのは気を遣うのだろう。部屋を出た阿久井の後を追い、二人で長い廊下を進む。風呂場の前を通り、突き当たりを左に曲がれば、客室のある廊下に出られる構造だ。「謎解き部屋」は宿の最も奥まった場所に位置している。

廊下の窓は閉まっているものの、ガラスから伝わる夜気はかなり冷たかった。湿気がないぶん、空気もいっそうひんやりと感じられる。窓の向こうの真っ暗な闇からは、虫や鳥の声すらも聞こえてこない。突然、わけのわからない不安に襲われて、私は身震いする。夜とは、こんなにも暗いものであっただろうか？

「……『天国に一番近い海』について、あれからいろいろと考えていたんですけど」

寒気をごまかすように、私は阿久井に声をかけた。「かくれが」に帰って来てから、ずっと思案を巡らせていたことは、ただひとつだ。

「なんだか、柚奈さんのおばあさんが言う『天国』って、特定の場所じゃないのかもなって気がしてきたんです。何て言うんでしょうか、ここが天国だと思えば天国だし、自分が地獄だと思えば地獄なんんだ、みたいな。だから、おばあさんが柚奈さんに話した『天国に一番近い海』って、特定の場所を指しているものじゃないのかなって。もしかしたら出先で見たすごくきれいな海のことを指してたかもしれないし、いつも見てる鳴門の海を指してることがあったのかもしれないし。病院にいても見られるんだ、って言葉も引っかかってるんです。自分が思い描く『天国に一番近い海』は自分の心の中にあって、だからこそ、それを思い浮かべればいつでもそこに行くことができる……みたいな感じ、でしょうか？」

　我ながら、観念的であいまいな「答え」だ。まとまりのない話を否定することもなく、阿久井は深く頷いてくれる。前を向いたままで言葉を返してきた。

「それはとてもいい考えだと思いますよ、櫻井さん。『天国に一番近い海』が、柚奈さんのおばあさんにとって非常に大事な場所であったということは確かでしょうから。僕も、あれからずっと考えていたんですよ。海、という言葉に囚われていたけれど、じゃあ天国とはどこにあるものなのだろうか？　なんてことをね。いろいろと複雑に考えすぎたから、言葉を文字通りに、素直にとらえてみてはどうだろうと思い始めたんです。

天国とは、どこにあるものだろうか、と。そんなの決まってるだろう、天と言うからには空にあるんだよ。空に一番近い海、という意味だったのではないか、とね」

空に一番近い海。満天の星が水平線まで満ちている光景を思い浮かべて、私は無言で頷く。四国の太平洋側では、夜空がとても明るく見えるのだと聞いたことがある。では、柚奈の祖母が言う『海』とは、やはり県南の海を意味しているのだろうか？

「そのあたりの考察も踏まえて、まずは柚奈さん本人に話を聞くことですね——では」

「かくれが」で唯一私以外が使っている客室の前に立って、私と阿久井は互いに頷きあう。一歩身を引いた阿久井に代わって、私が木製の引き戸をノックした。

「柚奈さん、櫻井です。『謎解き部屋』にいらっしゃらないので、お迎えにあがりました」

返事はない。また阿久井と顔を見合わせ、さっきよりも強めに扉を叩く。

「柚奈さん！」

部屋の中からは、やはり何の声も返ってこなかった。それどころか、物音ひとつ聞こえてこない。胸を貫く予感。扉の前に歩み出た阿久井が、よく通る声で叫ぶ。

「柚奈さん！　いらっしゃるなら、お声を聞かせてください——柚奈さん！」

一分ほど待っても、部屋の中で何かが動く気配はしなかった。私と阿久井は顔を見合わせ、互いに頷きあう。コックコートのポケットからスマートフォンを取り出しながら、阿久井は言った。

「もう一度声をかけて反応がなければ、宿泊台帳に書いていただいた電話番号にかけてみましょう。お部屋の中で寝ていらっしゃるだけなら、それで気づくでしょうから」

「ん？　阿久井さん、待ってください。これ、扉──」

客室の扉は、木とガラスの引き戸になっている。オートロックの機能はなく、内側と外側から鍵がかけられるようになっている、のだが。

「ちょっと、開いていませんか。鍵がかかってないんですよ」

部屋の引き戸がわずかに開いていることに気づいて、私は取っ手に手をかけてみる。軽い感触で扉がするりと滑り、思わず手を放した。

「柚奈さん……お部屋、開けますよ！　失礼します！」

引き戸を開いた先にはちょっとした土間があって、その土間と部屋の境界には襖があったはずだ。扉を開けても部屋の中が急に丸見えになる──ということはないだろうが、念のためにと少しずつ戸を引いていく。阿久井は一歩下がって、部屋の中が死角になる位置で私の動作を見守っていた。

土間の明かりは灯っている。襖は全開になっている。自分が立っている位置からでも部屋の中がすべて見回せるくらいに扉を開けたが、柚奈の姿はどこにも見当たらなかった。ただ部屋の明かりだけが点り、土間を上がったところには――柚奈のものらしいスマートフォンだけが置かれていた。

柚奈は部屋の中にいない。そして、彼女が大事そうに抱えていたランチボックスも、見渡せる範囲での部屋の中には置かれていなかった。

「柚奈さん、いません」

私はできるだけ冷静な声で言う。部屋にはバスルームがないので、トイレに立っているということも考えられなかった。鼓動が速くなる。頭では落ち着いているつもりなのに、膝ががくがくして、うまく立っていられない。

「部屋にいないということは――お手洗い、でしょうか。でも、さっき前を通ってきたときには、誰も入っていなかったような……」

私たちが歩いてきた廊下の途中に客用トイレがあるのだが、そこに電気はついていなかったように思う。阿久井は答える前に歩き出し、はっきりとした語調で告げる。

「玄関へ行きましょう。靴があるかどうか見てみるんです」

頷き、足早に歩く阿久井の後を追う。廊下を曲がり、フロントのある方角へと向かう。途中で食堂の前を通ったが、非常灯だけが点る部屋の中には、誰の姿も見当たらなかった。呼吸を整えながら、歩く。「かくれが」に来て二日目に阿久井に出された問題のことを思い出して、かぶりを振る。

ある日、ふらりと、屋上から身を投げそうになった男の話。人がそういう決意をするときには、何の兆候も見せないものなのかもしれない。宿を出て少し下れば、そこには祖谷川にかかる橋がある――。

廊下を抜けてフロントに出て、阿久井はさらに歩みを速めた。広い土間に据え付けられた下足箱を開けて、くそっ、と小さな声を漏らす。感情をむき出しにした阿久井の声を聞いたのは、これが初めてのことだった。

「靴がない。宿から出て行ったのは確実でしょう」

「こんな夜中に、ですか」

宿の明かりは暖かく灯っているが、外は足を踏み出すのもためらってしまうような闇に覆われていた。靴を履く阿久井に続いて、私もスニーカーに足をねじ込む。振り返った阿久井に手で制されて、思わず声を上げる。

「阿久井さん！　私も一緒に捜します」

「いえ、櫻井さんは宿に残ってください。五分ほどあたりを捜して柚奈さんが見当たらなければ、警察に通報します。彼女が戻ってきた場合に備えて、櫻井さんにはここで待機していてほしい」

「そう――ですよね、でも――」

「どないしたん？」

玄関の扉が開くと同時に、聞き覚えのある声が飛んできて、私と阿久井は同時にその声の主を見た。ラフな服装をした曽川が、扉を開け放したままで土間へと入ってくる。

柚奈の夕食が済んだ時点で玄関扉は施錠していたはずだが、その鍵は内側からならだれでも開けることができる構造になっている。やはり、柚奈はこの玄関扉の鍵を開けて外へと出て行ったらしい。

「柚奈さんが見当たらないんです。靴もありませんし、外へ出ていったとしか考えられません」

曽川は目を見開き、首を二、三度激しく横に振った。靴を脱いで宿に上がりながら、短い言葉で問いかけてくる。

「本人のスマホは？」

「部屋の中にありました。直接連絡を取るすべがありません」

「どこに行ったか、見当はついとんの」

「いいえ。少しだけあたりを捜して、見当たらなければ通報することも考えています。曽川さん」

「わかった。私が宿に残って、連絡係するわ。櫻井さんは？」

そう問われて、私は頷く。捜す「目」は多いに越したことはないだろう。

「私も、阿久井さんと一緒に捜しに行きます」

「わかった。外、すごい暗いし寒いけんな。気をつけて」

「櫻井さん、これを」

差し出されたのは、阿久井が玄関のクロークにいつもかけてある黒い外套だった。礼を言って受け取り、私はその柔らかな袖に手を通す。煙草も吸わず、香水もつけない阿久井の外套からは、木と洗剤の匂いだけがふんわりと漂っていた。

「行きましょう」

「気をつけてな！」

曽川の声に見送られ、私と阿久井は小走りに宿の外へと飛び出していく。玄関横に設置してある防災ボックスから懐中電灯をふたつ取り出して、阿久井はそのうちのひとつを私に手渡した。かなり強力な明かりのものだが、夜闇が深すぎるせいで、半径五メートルほどの範囲しかはっきりと照らせない。

歩き出した阿久井に続いて、宿の玄関から続く坂を下っていく。声を上げて柚奈の名を呼びながら、道路へと出る。ほんのわずかな街灯だけが照らす、暗い道だ。右手へ行けば川の上流、左手へ行けば川の下流に向かうことになるが、さて。

「二手には別れないほうがいい。櫻井さん、一緒に下流のほうへ来ていただけますか」

この夜道でひとり歩けば、土地勘のない私まで迷ってしまいかねない。阿久井についていて、一緒にあたりを捜すほうがいいだろう。

「わかりました。できるだけ、あたりを見ながら歩いて行きます」

阿久井は顎を引き、迷いのない足取りで川の下流へと向かい始めた。暗闇の中に浮かんで見えた表情に、私は身震いする。

ああ、この人は――前にもこうやって、「誰か」を捜したことが何度もあるのだろう。事件や事故に巻き込まれた、行方不明の人間。見つけたときにはすでにこの世の人ではなかったという例も、たくさん見てきたのではないだろうか。

「柚奈さん！」

「柚奈さん！　聞こえていたら、返事をしてください！」

名を呼びながら捜す。阿久井がどこに向かっているかは、おおよその見当がついていた。宿から最も近い橋、祖谷のかずら橋のすぐそばにかかる、祖谷渓大橋を目指しているのだろう。名前を叫びながら、あたりを見回しながら、柚奈を捜す。宿を出てから、すでに五分以上の時が経過していた。阿久井が片手に握ったままのスマートフォンを確かめ、もう少し、もう少しだけと祈るように、歩を進めていく。次第に荒くなる息遣いが、すぐ後ろを歩く私の耳にもはっきりと聞こえてきた。

「頼む」

無意識に絞り出された声だった。自分自身に言い聞かせるような口調で、阿久井は繰り返す。

「頼む。頼む。俺に、もう一度――話をさせてくれ――」

「阿久井さん……」

それ以上の言葉が続かず、私は下唇をきつく噛む。柚奈の名を叫び、道の左右を、前を、漏れのないように照らしていく。道を少しそれれば、すぐに深い木々の間に入ってしまうような場所だ。スマートフォンを持った阿久井の手が、耳元へと持ち上げられる。頼む。祈る。頼む。ただ祈るしかない。街灯の明かりが、ほんの少し密になり始めた。強い風がにわかに吹き付けてくる。木々のにおい。開ける視界と、薄明かりに照らされる、黄泉への渡し口のような橋の姿。そして――。

橋の欄干にもたれかかる柚奈の姿が、そこにあった。

緋色のランチボックスを胸元で抱え、洗い髪を風にさらしながら、柚奈はそこに立っていた。

「あっ——」

私たちの姿を見た柚奈は、ばつが悪そうな顔をして橋の欄干から離れた。「飛び降りたりするつもりはない」と言うかのように、そのまま片手を挙げて中央の車道寄りを歩き、私たちに歩み寄ってくる。私が阿久井と肩を並べたところで、柚奈は深々と頭を下げた。

「すみません！　本当に——すみません。ほんの少しの散歩のつもりで、出て行って……暗い夜道にひとりでいたら、いろんな考えがまとまらなくなって……」

私は阿久井と顔を見合わせる。叱る——つもりはない。理由なく、その場から逃げてしまいたくなること。私には、その気持ちが痛いほどわかるから。

「夜の風を浴びながらの散歩も、いいものですが」

阿久井は表情を変えずに、柔らかな声でそう言った。迷子の子供を見つけた「おまわりさん」そのものの口調に、私も頬をゆるめる。今の柚奈には、穏やかな表情しか見せたくはない。

「山の中の夜は厳しいですからね。戻りましょう、柚奈さん。まだ真冬でないとは言え、その服では体も冷えてしまいますよ」

柚奈は宿に来たときとまったく同じ服装で、ここまで来たらしい。昼間出歩くにはいいが、山中の夜ではさすがに寒さがこたえることだろう。二の腕をさすり、柚奈もようやく笑顔を見せる。手にしたランチボックスに視線を落として、言葉を返してくる。

「そう、ですね、ほんとに。ごめんね、おばあちゃんも寒かったよね。戻ります――結局、ここでおばあちゃんと一緒にいろいろと考えてても、答えは出ませんでしたから」

阿久井ともう一度視線をかわし、私は深く息を吸った。

柚奈が実家から持ち出してきたという、「大事なもの」。おばあちゃんを生まれ故郷に連れて帰ってあげたいという、柚奈の想い。彼女が肌身離さず持っていたランチボックス。

ある意味では、柚奈のやったことは恐ろしい行為で――ある意味では、切ないほどに美しいものなのかもしれない。共感まではできなくとも、その気持ちを理解することはできる。もし、もし、ルールというものを決して破らない阿久井が柚奈のやろうとしている行為を止めるつもりならば……私が、味方にならなければいけない。

「柚奈さん」

私は懐中電灯の電源を切り、柚奈に歩み寄った。橋が街灯に煌々と照らされているおかげで、相手の全身がはっきりと見える。

「その、柚奈さんのやろうとしていることが、どれくらい『いけないこと』かっていうのは、私には判断がつかないんだけど。けど、わかるよ。ご遺体の一部を故郷に戻してあげたいっていうのは、遺族が抱く当たり前の想いでもあるし。散骨っていうのかな。ほんの一部をおばあさんが住まれていた鳴門の海とかに投げ入れてあげても、それは――いや、だめなことなんだろうけど――人情として許されてもいいと思うの。それで罰を受けるようなら、私に『やりなさい』って強制されたって言ってもいいから……」

「え？　さんこつ――ですか？」

「……櫻井さん？」

「そう、散骨。骨を散らす、って書いて、ほら、遺骨の一部を海に撒いたりとか、最近では宇宙に運んだりとかする――あ、あれ？」

柚奈のきょとんとした表情と、阿久井の、少し驚いているかのような、なぜか感心しているかのような、不思議な表情。二人の反応を見て、頭で理解するより先に、耳が赤くなる。あ、あれ？　これは、もしかして。

「柚奈さん――ごめん私、もしかして勘違いしてる？　そ、その、ランチボックスの中なんだけど」

「あ、これですか？　私こそすみません、ちょうどいい大きさの硬い容器がなくて、お弁当箱に入れちゃって。傷つけないように持ち運ぶのに、ちょうどいいと思ってたんですけど」

そう言って、柚奈はランチボックスを包んでいた布を解き、シンプルなネイビーの容器の蓋を開けてみせる。

掌より一回り大きいその容器の中に入っていたのは、額に入った一枚の写真と、つやのない指輪、それに白い石を繋げて作ったブレスレットだった。

「遺影代わりに飾っていたおばあちゃんの写真と、形見です。お仏壇に祀ってあったんですけど、徳島に連れてきてあげたくて、勝手に持ち出してしまったんです」

私は口をぽかんと開いた。首を巡らせて阿久井を見、互いにしばらく見つめ合う。

やがて、阿久井が顔を一気にゆるめるように笑った。小さい子の悪戯を見て笑う親のような、その親を見て悪戯っぽく笑う小さい子のような表情だった。

「櫻井さん――ふふ、いや、わかります。僕も初めは、そのランチボックスの中にご遺骨が入っているものだと思っていましたから。柚奈さんがそれを少し傾けたときに、何か重みのあるものが触れ合うような音がしたので、違うと確信したんですけれどね」

「遺骨……骨、ですか、おばあちゃんの!?　すみません、持ってきてないです！　持ってきたほうがよかったですか!?」

動揺する柚奈に二人で「いやいや」と手を振り、もう一度阿久井と視線を交わして笑う。柚奈が実家から祖母の骨を持ち出した、というのは、どうやら私の早とちりだったらしい。

「謝るのはこっちのほうだよ。ごめんね、急に骨とか言われてびっくりしたよね——柚奈さん、おばあちゃんとずっと一緒だったんだね。鳴門に行くときにランチボックスを持っていったのも、おばあちゃんに海を見せてあげたかったからなのかな」

柚奈は浅く息を吸って頷き、容器の中を見つめる。くるりとその向きを変え、私たちにも中に入った写真がよく見えるよう、角度を調整した。

写真の中で微笑む柚奈の祖母は、黒々とした短髪の、聡明そうな女性だった。六十歳ごろの写真だろうか。山登り用らしい装備を身に着けていて、カメラを向ける相手に向かって陽気にピースサインをしている。背後にはどこかの山頂らしい景色が写っていた。

「おばあちゃん、登山に行ったときはよく写真を撮っていたから。これ、確か徳島の山だったと思います」

「徳島の山、ですか？　眉山《びざん》——ではないな。この景色からすると、剣山《つるぎさん》でしょう」

「そう、確かそうだったと思います。剣山、若いときから何回か登ったことがあるらしくて。山頂からこの祖谷地方に降りるコースとか……ここからもっと山の奥のほう？　奥祖谷だったかな、に下りてくるコースの話も聞いていたので、祖谷っていう地名もその話を聞いたときに知りました。ここからだとその奥祖谷もけっこう遠いんですね」

「剣山――奥祖谷――」

街灯の明かりの下で、阿久井の目が大きく見開かれる。顎に手を当てて、阿久井は唇を真一文字に結んだまま、黙りこくってしまった。柚奈がランチボックスの蓋を閉めながら、ぽつりと言う。遠い日の思い出に語り掛けるような、静かな声だった。

「そのコース、山を下りてもまた山みたいなもんじゃん、って言ったら、おばあちゃんは笑ってました。山と山は繋がってるもんだからねって。当たり前だよ、ってそのときは思ったんですけど、地図を見たら、本当に山って繋がってるんだなあって……いや、言い換えになってない気がしますけど、本当にそう思って」

「柚奈さん」

阿久井が言葉を挟んだ。眼鏡の奥の瞳に人工の明かりをいくつも映して、さらに続ける。

「今、正解がわかった気がします。おばあさまがおっしゃっていた、『天国に一番近い海』。探す必要はなかった。だって、僕らには初めからその『天国』が見えていたんですからね」

「え？」

「えっ」

同時に声を上げた柚奈と私を、阿久井は交互に見る。空を仰ぎ、人差し指でその満天の星々を指さして、言葉を続けた。

「ここ、です。今僕らの頭上に広がる星空こそが、おばあさまの言う『天国』だったのですよ。そして天国に一番近い場所、と言えば——空に最も近づける『山頂』に他ならない。徳島県内の最高峰は、おばあさまもよく登られていたという霊峰・剣山です。おばあさまはきっと、剣山の山頂で見た星空にいたく胸を打たれたのではないでしょうか。その美しい光景のことを、『天国に一番近い場所』と表現した。だがそこは険しい山の頂上、幼い孫を連れて簡単に行ける場所ではなかった——」

空を埋め尽くす星。無数とも言えるほどの輝き。圧倒的な光のシャワーの中で、私は考えた——なるほど、確かにここには「天国」があると。澄み切った剣山の山頂では、その輝きはいっそう強さを増して視界に飛び込んできたことだろう。しかし、だ。

「でも、阿久井さん。じゃあ『海』っていうのは——」

私と同じ疑問を、柚奈も抱いていたのだろう。今度は柚奈と互いに顔を見合わせてから、二人で阿久井に視線を投げる。阿久井は小さく頷いてから、すぐに答えた。

「柚奈さんのおばあさまは博識な方でした。鳴門海峡がかつて陸であったことをご存じであったように、おばあさまは剣山がかつて『海』であったことを知っていたんです。その上で、剣山の山頂のことを『海』だと呼んだ。美しいレトリックですね」

「海、だったんですか!?　徳島で一番高い山が？」

私は言葉を返す。剣山は確か、県の南、高知との県境に近い内陸部分に位置する山ではなかったか。

「そのあたり一帯が海に沈んでいた、というわけではなく——海洋プレートの上にあった堆積物が陸側に底付けされ、その後のさらなるプレートの変動で現在の山頂の高さまで押し上げられた、というのが正しいようですがね。実際、剣山の山頂付近にある石灰岩からは、海生生物の化石も発見されているそうです。おばあさまの言葉を借りれば、すべては繋がっている、といったところでしょうか。海も、山も、ですね。そして、空も。おばあさまが剣山の山頂で見た空は、一続きのものとして東京にも繋がっている。『海』である剣山の山頂には立てなくとも、その場所で見た景色である『天国』はどこにいても見ることができる。そしてここは、剣山となだらかに繋がっている場所です。僕らが探していた『天国』と『海』は、この場所にあった。すべては繋がっていたんですよ」

柚奈はうすく口を開き、もう一度ランチボックスの蓋を取る。祖母の写真を取り出し、胸の前でしっかりと支えて、その額を天に向けた。

降り注ぐ星。はるか遠くの海と繋がる、山の奥の片隅。写真の中の柚奈の祖母は、星の光を浴びていっそう表情をゆるめたようだった。故郷の地を再び訪れた喜びよりも、孫と共にある喜びをかみしめるかのように。

「おばあちゃん、こんなきれいな空を、見てたんだね」

柚奈の目に、幾千もの星が映る。

「一緒に来たよ。私とおばあちゃん、一緒に来たんだよ——ここまで」

紡ぎ出される言葉が、次第にかすれていった。肩と肩が触れ合う距離で並び、私と阿久井はいつまでも、天を見上げる柚奈の姿を見守っていた。

5

まだ夜が明けない時間に起きた柚奈は、ようやく空が明るくなるころにチェックアウトの手続きを済ませた。昼前の便で羽田へと向かい、そのまま家に帰るらしい。宿に到着したときと持ち物も服装もほとんど変わっていないのに、柚奈は昨日の到着時よりもずいぶんと身軽になっているように見えた。祖母の写真が入ったランチボックスを胸に抱えたまま、フロントの前に立つ阿久井と私に頭を下げる。

「お世話になりました」

阿久井も頭を下げ、柚奈の立つ土間へと一歩足を踏み出す。曽川はすでに送迎の用意をすませ、玄関扉を出たところで柚奈が来るのを待っている。

「僕たちも楽しかったです。また徳島に来られた際は、ぜひお立ち寄りください」

「はい。では――」

くるりと向きを変え、去っていこうとする柚奈。その後ろ姿に手を振りかけてやめ、私は服の裾を握る。さらに一歩を踏み出した阿久井が、よく通る声で言った。

「柚奈さん！」

柚奈が振り返る。恐ろしいほど晴れやかに見えるその顔に、阿久井はさらに問いかける。

「どうか、正直にお答えください。僕が出した答えは、柚奈さんにとって納得がいくものだったのでしょうか？」

柚奈は視線を伏せ、口元に微笑みを浮かべた。

東京からの大移動。鳴門の橋の上で見た景色。暗い夜道の冷たさと、空を満たす数多の星。柚奈は祖母の故郷で経験した一連のことを、どんなふうに考えているのだろう。

柚奈は顔を上げ、今度は顔全体で笑った。玄関から吹き込む風に、柔らかな前髪が揺れている。

「阿久井さんと櫻井さんが出してくれた答えが、『正解』だと確信しています。けれど、目標を達成したかと言うと――それはちょっと微妙なところかな、というのが本音です」

阿久井はぴくり、と身をすくめた。私も土間のほうへと歩み寄り、柚奈に声をかける。

「柚奈さん、それって」

「はい。『天国に一番近い海』がどこにあるかはわかったんですけど、その近くまで行った、ってだけで、おばあちゃんと同じところに立つことはできませんでしたから。だから、また来ます。登山のことをしっかり勉強して、剣山にも登れるようになって、今度もおばあちゃんを連れて、次こそは、『天国』をもっともっと、近くで見られるように」

嘘偽りのない、まっすぐな言葉だ。阿久井と私は視線を交わし、同時に柚奈のほうへと向きなおって、共に笑顔を見せた。

宿と人のめぐりあわせは、ただ出会って別れる偶然のものに留まらない。縁ができれば、また出会うこともある。阿久井はそうして、初めてのお客さんも、再び帰ってくるであろうお客さんのことも――この「かくれが」で待ち続けているのではないだろうか。

「そのときは、また『かくれが』にも寄らせてください。今度はちゃんと、答えを用意した謎を考えてきますから」

「はい、ぜひ。最高にくだらなくて、最高にわくわくする謎を、お待ちしています」

柚奈は目を細めた。もう一度私と阿久井に頭を下げ、しっかりとした足取りで外へと出て行く。すぐ近くで待機していた曽川にも会釈し、先に駐車場のほうへと向かっていった。

曽川も私たちに手を挙げて挨拶をし、笑顔を見せる。昨日の夜、宿に戻ってきた柚奈を見て「よかった」と涙を流していた曽川の表情も、今日は晴れやかだ。

曽川がその場から去り、しばらくして車のエンジン音が聞こえてくる。タイヤが土を踏む音がして、そのエンジン音も遠ざかっていく。

少しだけその余韻を聞いてから、私はまた阿久井と顔を見合わせた。今日は木曜日だ。特に定休日を設けていない「かくれが」だから、今日も今日とて宿泊の予約が入っている。今夜の客は県内の観光を終えて、夕方にここへ着く予定、だが。

「さて、早めに掃除と夕食の仕込みを済ませておくことにしましょうか。用事を片付けてきますから、今日は少し散歩にでも出ませんか、櫻井さん。ここに着いてから接客でなにかと慌ただしくて、このあたりの観光もまだまだ済んでいないでしょうから。まずはこの四日間のお礼として、下手なりに僕が観光ガイドの役をさせてもらいますから」

「はい――あの、よかったら私もお手伝いしますよ、阿久井さん。客室の掃除とか、できることがあればやっておきますので」

阿久井は首を横に振り、柔らかく答える。

「いいえ。いいんですよ。宿の基本的な業務は、僕の仕事ですから。櫻井さんは、いて下さるだけでいい。僕やお客さまの話を、聞いて下さるだけで、十分なんです」

踵を返し、阿久井は歩き始める。その背を少しだけ見守って、私は唇を噛んだ。

いてくれるだけでいい。

聞いてくれるだけでいい。

阿久井が私にそう言い続ける理由が、今ならわかる気がする。

彼は、きっと、誰よりも――話にただ耳を傾け、寄り添うということの大事さを、痛感しているのだ。

そして、阿久井が私にだけ自らの事情を事前に伝えてきた理由も、今ならわかる。

阿久井はきっと、予約フォームに書かれた情報から、私の抱える迷いを悟っていた。だから、伝えた。自分は人を助ける立場にある者だ。頼ってほしい、と。言葉と同時に湧き上がってきた迷いを呑み込む。先に口を開き、意識してはっきりとした声を出す。

「阿久井さん」

振り返る姿。ためらいがまた胸に広がる前にと、私はすぐに言葉を続ける。

「昨日から、ずっと気になっていたことがあるんです。阿久井さんは、どうしてブロッコリーが苦手なんですか？」

沈黙。

逸らされる視線、少し伏せられた顔を見て、私は確信した。

やはり。阿久井が発した一見くだらないように見えるあの話題は、阿久井の心の奥にあるわだかまりに関わるものだったのだ。

あの話題を出したときの、阿久井のかすれた声。「非常にくだらない理由」という言葉。

「かくれが」の客との出会いで、私は何を学んだ？　ごく単純で、当たり前のこと。他人から見ればくだらない問題でも、本人にとっては重要な意味をもつのだということ。

どれほどくだらない物事にも、意味がある。心の奥の深いところに繋がっている。だからこそ、阿久井が言った「くだらない」という言葉の中には、いくつもの意味が重なり合っていると思ったのだ。

阿久井はしばらく私のほうを見ようとせず、拳を握りしめていた。やがて軽く頷くような動作を見せ、こちらへ顔を向ける。笑顔も怒りもない、透明な表情だった。

「相談を、されたことがあるんです。実家の隣に住んでいる、その当時は高校生だった男の子でしてね。男の子の家族が転勤で引っ越してきたときには僕も学生で実家にいましたから、挨拶をしているうちに意気投合しましてね。僕が警察官になって、その子が高校に上がってからも、実家に帰るたびに会ってはくだらない話をして、仲良くしてもらいました。年齢は少し僕のほうが上でしたが、本当に気が合ったんです。なんでも話せる仲だと、当時はそう思っていました」

話を切り、阿久井はしばらく私の目を見つめる。私は何も言わずに、ただ阿久井の言葉の続きを待つ。

警官という職についたばかりの阿久井と、彼に懐いていたという少年の顔。見たことがないはずの二人の姿、会話を交わすその光景が、具体的なイメージを伴って思い起こされた。漫画の話、ゲームの話。年齢の離れた二人が、親友のように笑いあっている。

「彼は本当に屈託がなくて、友達の多い、『欠点のない』子供でした。でも、ある日、こんな話をされたんです――ねえ、蓮さん。ブロッコリー嫌いなんでしょ？ 友達にさ、皿一杯食べろって言われたらどうする？ と。僕は笑って答えました。『そんなの、我慢して食べるか、嫌だよって断るかの二択だろうな』と。『でも皿に山盛りだよ。嫌って言っても許してくれないの。罰ゲームだから断ることもできないし、できなかったらまた別の罰を受けるかもしれないし』。その子はそう言いました。『だったら食べるね。

そんなくだらない罰ゲーム、さっさと終わらせたほうが楽じゃないか』。僕がそう言うと、その子は――『そうだね』と笑いました。いつも通りの顔で、笑ってくれたんです。『くだらないことだよね……本当に、くだらないよ、こんなこと』と言って、その話を切り上げて。そして、それから三日後に――彼は、学校で工具を振り回して、クラスメイト数人に怪我を負わせました。軽症だったものの、ひとりは目の近くに深い傷を負っていて、大事に至らなかったのが幸いとも言える状態だったそうです」

息が詰まる。

阿久井はまるで遠い国の歴史を語るような口調で、淡々と話し続けていた。だがその透明だった表情は、複雑な色に変わり始めている。悲しみと、後悔。そして自分に対する、果てしのない怒り。今にも叫び出したくなるほどの悔しさをかみ殺しているのが、その口元だけでも読み取れた。

「死人も出ていないし、被害者もその子も、学校側も大事にしたくはなかった。ニュースにもならず、関係者以外にこのことを知るものはいません。あとから聞いた話では、高校に入ってから、その子はずっと『いじり』と言う名のいじめを受けていたようです。二階の窓から飛び降りろ、とか、テストでわざと変な解答をして先生を笑わせろ、とか。その子はずっと笑顔でそんな仕打ちに耐えながら、身近な大人に助けを求めていたんです。さりげなく、こんなことを強要されている、つらいんだと訴えるように。けれど、彼のすぐそばにいた『警察官』は、そんな意図をいっさい汲むことなく、彼の話をくだらないものだと一蹴しました。寄り添おうとしなかった。それ以上の話を聞こうとしなかった。彼はある日突然、家族と一緒に引っ越してしまって——それ以来、僕は彼に会っていません。僕もほどなくして警察をやめ、ここで宿を開くことにしたんです」

阿久井が警察をやめた理由。それを世間は「くだらない」ことと笑うだろうか？　犯罪者や死体と向き合い、数多の市民を救ってきた警察官としての阿久井。その矜持は、自信は、そのことをきっかけとして崩れ去ってしまったのではないだろうか。私がある日突然、理由もなく折れてしまったように。だが、崩れ去った砂の城は完全に消えたわけではない。阿久井はその砂を集め、あたたかな宿を作って——「くだらない」謎を抱えた客たちを待ち続けている。

「その子がどこへ行ってしまったのかは、僕にはわかりません。ただ、覚えているんです。徳島の祖谷というところにひいおばあちゃんの家があって、幼稚園のころまではよく遊びに行っていたのだと。またいつか行きたい、あの怖い橋をまた渡りたいな、などということをよく話してくれたな、と。僕は冗談半分で、警察を引退したら、そういうところで宿を構えるのもいいなと返していました。『秘境でのんびり暮らすんだよ』『蓮さんが旅館を経営するなら、僕が泊まりに行ってあげるよ。年に三回くらい』『それはありがたい、常連になってくれよ』。あの子はおそらく覚えていない、それこそ『くだらない』口約束です。けれど、僕は、いつか、いつか——と思っているんですよ。またあの子に会いたい。そしてもう一度、ゆっくりと話をしたいとね」

語り終えた阿久井は、晴れやかな笑みを見せて頷いた。今までに聞いたことのないような軽い調子で、さて、と再び話し始める。

「すみません、『くだらない』話をしました。風呂の掃除も客室の片付けも、早めに済ませてきますよ。今日は天気もいいですし、僕も櫻井さんとゆっくり散歩をしたいですから。櫻井さんも、その間に出かける準備をしていてください」

「阿久井さん」

歩き出そうとする相手に、私は声をかける。どんな表情をするべきかわからず、かろうじて口元をゆるめて笑みをつくる。阿久井がここでその少年を待つのならば、私も——そのそばに寄り添っていたい。できるだけ長く、私の「くだらない」悩みに答えが出るまで。一か月か、一年か。あるいはもっと長い時間がかかるのか。構わない。できる限り悩み続けよう。人生はくだらないが、それだけに愛しく、大事で——多分に意味のあるものなのだ。無駄と思われる時間も、体験も、すべて。

「お話、聞きます。阿久井さんのお話も、お客さんの用意する『謎』も。これからはもっともっと、いろんなことを」

阿久井は振り返り、少しだけ驚いたような顔をする。

そして目を細めて、こう言った。

「ええ、待ちましょう。一緒に」

阿久井が笑う。私も笑う。開け放された玄関の窓からは、緑の香りを含んだ風が吹き込んでいた。

あとがき

今日はもう一㎜も脳を使いたくない……。

という文言が好きでSNSなどでも使うのですが、よく考えると脳を「一㎜」も使う、という表現は変に感じます。それでもこの一文がしっくり来てしまうのは、一日のやるべきことをすべて済ませて横になったときの、あの「もうぴくりとも動きたくない、だらだらしたい」という気持ちをよく表現しているからでしょうか。

あれやこれやと用を済ませて布団にもぐったあとは、真っ先にSNSを開いてしまいます。かわいい動物や子供の投稿を見て、自分が追っているコンテンツの情報を確かめて、フォロワーさんの日常にいいねして、自分自身はたいしたことのない投稿をして、閉じる。それからはもっぱら謎解きや脱出系のゲームアプリを開いて、ちょこちょこ遊びます。一問解いてはピン抜きゲームアプリの広告を見て、一問解いてはローカライズが怪しい成り上がり系のゲームアプリの広告を見て、また一問解いては凍える母娘を助けよう！　と訴えるピン抜きゲームアプリの広告を見て……いっそ課金して広告を消させてくれ！　と言いたくなりますが、あの系統の広告にしかない派手さやめちゃくちゃさがおもしろくて、つい見入ってしまうこともあります。ピン抜きゲーム、面白そうと思ってDLしてもなぜか普通のパズルゲームが始まったりしますよね。広告をがっつり見てアプリをDLしてしまっている私のような人がいることを考えると、あの系統の広告にもわりと宣伝効果があるのだなと実感します。

体力に余裕があって、早い時間に暇になったときなどには長編ミステリを一気読みしたりするのですが、だいたいはちょこちょこ読みになってしまう。そんな時にはライトミステリの短編集を開いて、心地よく頭を使って、癒されて寝ます。

この『世界一くだらない謎を解く探偵のまったり事件簿』は、疲れている方でも気軽に読めるように……との思いで書き上げました。就寝前の十五分の読書時間に、少しでもお楽しみいただければと願って仕上げています。

末筆ではございますが、ものすごく素敵なカバーイラストをお寄せくださったTCBさん、いつも根気よく支えてくださるマイナビ出版ファン文庫の山田さん、校正の皆様、デザインの皆様、ご助力くださったすべての皆様と、ここまでお読みいただいた読者の皆様。

誠にありがとうございました。探偵・阿久井の繰り広げる頭の体操的な謎解き合戦と、秘境・祖谷の風が読者の皆様の癒しとなりますように。

この物語はフィクションです。
実在の人物、団体等とは一切関係がありません。
本作は、書き下ろしです。

木犀あこ先生へのファンレターの宛先

〒101-0003　東京都千代田区一ツ橋2-6-3　一ツ橋ビル2F
マイナビ出版　ファン文庫編集部
「木犀あこ先生」係

ファン文庫

世界一くだらない謎を解く探偵のまったり事件簿

2023年4月20日　初版第1刷発行

著　者　　木犀あこ
発行者　　角竹輝紀
編集　　山田香織（株式会社マイナビ出版）
発行所　　株式会社マイナビ出版
〒101-0003　東京都千代田区一ツ橋2丁目6番3号　一ツ橋ビル2F
TEL 0480-38-6872（注文専用ダイヤル）
TEL 03-3556-2731（販売部）
TEL 03-3556-2735（編集部）
URL https://book.mynavi.jp/

イラスト　　TCB
装　幀　　木下佑紀乃＋ベイブリッジ・スタジオ
フォーマット　　ベイブリッジ・スタジオ
ＤＴＰ　　富宗治
校　正　　株式会社鷗来堂
印刷・製本　　中央精版印刷株式会社

●定価はカバーに記載してあります。●乱丁・落丁についてのお問い合わせは、
注文専用ダイヤル（0480-38-6872）、電子メール（sas@mynavi.jp）までお願いいたします。
 ISBN978-4-8399-8132-7
Printed in Japan

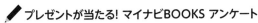

ファン文庫

能楽師　比良坂紅苑は異界に舞う

著者／木犀あこ
イラスト／斎賀時人

魂を浄化する力をもつ能楽師と大学院生が
幽霊のかかえる謎を解く美しき幽霊譚

恋人に自死したと伝えてほしいと頼む男の霊、別の人物の腕をもつ異形の霊、同じ松が生えている対岸の家を見つめる老人の霊……彼らが抱え込んでいる想いとは？

Fan
ファン文庫

神様の用心棒
うさぎは星夜に涼む

町で相次ぐ失踪事件。真相に辿り着いた
兎月は――友の刃に斃れる…!?

神社には画家の藍介とお鈴が絵を描きに頻繁に訪れるように。それからしばらく経ったある日、真っ青な顔をしたお鈴が警察に捕まった藍介を助けてほしいとやって来て――？

著者／霜月りつ
イラスト／アオジマイコ

ファン文庫

江ノ島は猫の島である

猫を眺める青空カフェである

――これは猫語を解する青年が、
移動カフェを始めてから終えるまでの物語である。

猫の声が聞こえる小路は、同居猫のワガハイの提案で『移動カフェ　ENGAWA』を始めることに。そして猫や飼い主たちの悩みを解決していくなかで小路の心にも少しずつ変化が……。

著者／鳩見すた
イラスト／二ッ家あす